KB130095

쓰임이 필요했던 날들

쓰임이
필요했던
날들 ___ 김봉근 지음

출발

어딘가 쓰임 있는 사람이 되고 싶었다.
서투르지만 진심을 담아 쓰고 싶었다.

쓰임이 필요했던 모든 날의 고민들이 모여 아주 작은 책이 되었다.

프롤로그 ———————— 출발 005

에필로그 ———————— 도착. 214

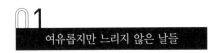

01
여유롭지만 느리지 않은 날들

곱빼기 인생 013 / 메일함을 정리하세요 014 / 적당함이란 016 / 상처 018 / 문제는 문제가 아니다 019 / 나를 위해 020 / 블렌딩 022 / 우산 같은 사람 024 / 질끈 026 / 나이를 먹는다는 것의 의미 028 / 안단테 029 / 괜찮아요 030 / 자이구루 031 / ○○주의보 032 / 조용한 겸상 034 / 감칠맛 036 / 잘한다 037 / 나는 너랑 달라. 038 / 배운 대로 합니다 040 / 몰라 042 / 일단 GO 043 / 사라짐과 살아짐에 대하여 044 / 까만 화면 046 / 막차 048 / 다음은 지금의 마음 049 / 김밥 050 / 서른 반장 051 / 실력 052 / 하면 된다 054 / 내탓네덕 055 / 못난 놈 056 / 무엇이 중한가 057 / 너로 인하여 058 / 좋은 것과 싫지 않은 것 059

02
고독하지만 외롭지 않은 날들

고민 063 / 오늘다운 오늘 064 / 지독, 중독, 고독 065 / 이상한 날 066 / 현실, 실현, 꿈 068 / 하나, 둘, 셋 069 / 쏘주 070 / 바쁨 071 / 서른, 이립 072 / 변한다는 것에 대하여 074 / 반가움 076 / 비와 바다 078 / 책임 079 / 여행을 떠나는 이유 080 / '잘'에 대하여 082 / 맛이 있다 084 / 사진이란 086 / 겸손 087 / 금지 금지 088 / 꽃 090 / 쉽지 않다 091 / 웃겨 정말 092 / 옳음 093 / 걱정 반 기대 반 094 / 마감 096 / 여유 098 / 청소 100 / 벽이 말을 걸었다 102 / 의미가 없는 것은 없다 104 / 살아내다 105 / 늦잠 106 / 변하지 않는 것 108 / 뛰는 이유 110 / 단출한 삶을 꿈꾸다 111

0.3

소박하지만 부족하지 않은 날들

일상을 움직이는 힘 115 / 채움과 비움 116 / 낯설다 118 / 가을비 120 / 지금 알고 있는 걸 그때도 알았더라면 122 / 최선이 최선 124 / 흔들리는 버스는 삶이다 126 / 쌩맥주 128 / 멈추다 130 / 밥을 가장 맛있게 먹는 방법 132 / 그런 사람 134 / 따뜻함 135 / 한강 136 / 성공ing 138 / 여섯 명의 사람 140 / 진지한가 142 / 흑과 백, 삶과 죽음 144 / 벋: (벚. 벗, but.) 145 / 내일 걱정은 내일 걱정 146 / 기다림 147 / 푸르른 밤 148 / 선 149 / 마지막 150 / 아무것이라는 것 152 / 부족함과 결핍 154 / 고마워. 내가 더. 155 / 목 156 / 시작정리 157 / 다름 158 / 고독 159 / 배우 160 / 나 161 / 성숙 162 / 그뿐이다 163 / ㅈㄱㅇ 164 / 서운하다 165 / 아무 말 166 / 지금이군! 167

04
단순하지만 단조롭지 않은 날들

여행 171 / 우리 172 / 위로는 We로 173 / 제자리걸음 174 / 참 175 / 변덕 176 / 열한 시가 좋은 열한 가지 이유 177 / 멋 178 / 마음 179 / 나아가고, 나아지고 180 / 길 181 / 일 182 / 교통카드 183 / 기다림 184 / 그래도 185 / 내 몫 186 / 어려운 일 187 / 눈 188 / 진리 189 / 행복 190 / 진짜 고마움 191 / 헛헛 192 / 앓아야 안다 193 / 죄책 194 / 똑같은 날은 없어 195 / 틈 196 / 새 책 헌책 197 / 그런 날 198 / 내려놓음 199 / 열심이었네 200 / 초록 201 / 안정에 대하여 202 / 감사 203 / 장미 204 / 빈자리 205 / 여덟 시 206 / 새 바람 새 여행 207 / 한 번에 하나씩 208 / 추억 209 / 미안 210 / 그윽 211 / 너다워라 212 / 바다 213

01

여유롭지만 느리지 않은 날들

곱빼기 인생

"짜장면 곱빼기 하나 주세요." 오랜만에 집 앞 단골 중국집에 들렀다. (아무리 생각해도 단골과 곱빼기는 참 잘 어울리는 조합이다) 주방장님이 큰 그릇에 한 덩이 면을 더 얹어 앞에 놔 주셨다. 보기만 해도 푸짐한 곱빼기. 그 넉넉함에 취해 게눈 감추듯 그릇을 비워냈다. 부른 배를 두드리며 인생도 곱빼기가 있다면 참 좋겠다고 생각했다. 보통 짜장면에 아무렇지 않게 한 움큼의 면을 추가하듯, 기쁨엔 기쁨을, 슬픔엔 슬픔을, 행복엔 행복을 맘껏 더하고, 아쉬움과 그리움에도 똑같은 아쉬움과 그리움을 슬쩍 얹어낼 수 있다면 가능하지 않을까. 스스로 살아내는 순간순간의 감정들을 오롯하게 받아들이는 일을 할 수 있는 나와 네가 되기를. 곱빼기 인생을 즐길 줄 아는 우리가 되기를.

메일함을 정리하세요

"메일함을 정리하세요."

이른 아침 내 정신을 번뜩이게 한 메시지다. 날마다 새로운 메일을 받고 지우고 또 받고 지웠음에도 결국 꽉 채워졌다. 한 치의 빈틈도 없이 쌓이고 쌓인 우리 일상처럼 말이다. 컴퓨터 앞에 앉아 최근의 것들을 정리하고 무심코 뒤로 가기 화살표를 눌렀다. 가장 첫 번째 메일의 제목이 눈에 들어왔다. 날짜를 보았다. 12년 전이다. 찬찬히 또 천천히 그 뒤의 편지들을 읽어보았다. 젊은 날의 내가(물론 지금도 젊지만), 그리운 친구들이, 돌아가신 어머니가 모두 거기에 있었다. 그때 그대로의 모습을 간직하며 그때의 나와 이야기하고 있었다. 눈으로 글을 읽고, 귀로 그 소리들을 들었다. 추억 속에서 함께 울고 웃는 사람들의 목소리를 너무나 또렷하게 기억했다. 마치 어제처럼. 당장에라도 내 옆에 나타날 것처럼.

차마 정리할 수 없었던 이유가 여기 있었음을 다시 한 번 분명히 알았다. 분명 전에도 비슷한 시도를 했으리라. 깨끗하게 비우고 싶었지만, 나는 오늘도 그러지 못했다. 보다 더 빠른 시일 내로 똑같은 메시지를 받게 될 텐데 말이다. "메일함을 정리하세요." 그땐 꼭 웃으며 대답해야지 생각했다. 우리네 삶엔 정리하고 싶어도 정리할 수 없는 것이 분명 있을 것이다. 또 버리고 싶어도 함부로 비워서는 안 되는 일들도 많이 있을 것이다. 그러니, 재촉하지 말라고. 내가 알아서 한다고. 그리고 씩 웃으며 다시 첫 메일로 돌아가 즐겁게 그 시절의 나를 만날 것이다. 우리는 언제나 추억의 이자로 살아가는 법이니까.

적당함이란

저녁 아홉 시. CLOSED 팻말이 정면으로 걸려있는 꽃집 문을 슬쩍 밀었다. 분주하던 사장님의 두 손이 잠깐 멈칫, 눈으로 인사를 주고받았다. 괜찮아요. 들어오세요. 감사합니다. 주말에 이사를 왔어요. 화분을 좀 사려고요. 환영해요. 천천히 골라보세요. 마감 시간이 지난 꽃집의 향기는 보다 더 차분한 느낌이었다.

물은 너무 자주 주지 않아도 되고, 햇볕을 너무 많이 받지 않아도 되는, 신경을 과하게 쓰지 않되 가격은 비싸지 않으면서, 언제나 적당히 예쁜 모습을 유지할 수 있는, 그런 화분을 두 개 골랐다. 혹여나 깨질까 몸에 꼭 품고 총총걸음으로 집에 오는데 마음 한쪽이 괜스레 꽉 막힌 느낌으로 퍽 부끄러웠다.

언젠가부터 좋지도 않고 나쁘지도 않은 어느 중간 즈음과 이도 저도 아니어서 어느 것에도 알맞지 않은 애매함을 아무렇지 않게 생각하게 되었고, 맘대로 정한 적당함에 취해 열심과 책임을 잃어버린 그간의 일과 관계들을 애써 좋은 유연함이라 믿고 지내온 내 모습이 떠올랐기 때문이다.

책꽂이 위에 놓인, 적당함으로 간택된 두 개의 화분을 마주했다.

내가 나를 타이르듯이, 또 네가 나를 설득하듯이 툭툭 말을 건넸다. 적당함이란 세상 어디에도 없는 것일지 몰라. 잘 부탁해. 친구들.

상처

언제였을까. 술에 흠뻑 취해 집에 돌아온 날. 잘은 모르겠지만, 펜을 들고 눈의 초점을 맞추려 무진장 노력하며 연습장에 글씨를 휘갈겨 적었던 시간의 조각들이 분명 있다.

마침내 오늘, 책상 구석에 아무렇게나 놓여 있는 그 메모를 읽게 되었다. 꽤나 자조적인 짧은 질문이었지만, 바로 대답하기가 어려워 흐릿한 기억만큼이나 맘대로 흘려 쓴 글씨체가 참 잘 어울린다고 생각했다.

'내가 뱉은 말 한마디에 상처받은 사람은 없었을까?'

왜 차마 스스로 물어볼 수 없어, 꾹꾹 눌러 손으로 적어냈을까. 어느 누구의 마음에 생채기를 만들고 어떤 누가 누구에게 아픈 돌을 던졌길래 이렇게 조용히 눈물을 삼켰을까. 내 입에서 나온 말조차 돌아와 나에게 상처가 될까 두려워 스탠드 밑에 가만히 웅크리고 있던 나. 미워해서 미안했고 미안해서 정말 더 미안했을 것이다. 다음엔 꼭 먼저 사과를 건네야지 다짐하며. 다른 언젠가 휘갈겨 써 던져 놓았을 다른 메모들을 찾는다. 시간이 참 느릿한 금요일 밤이다.

문제는 문제가 아니다

"차가 많이 막힐까요?"

택시 기사님께 애원하듯 질문을 던지고는 좌석 깊숙이 등을 대고 앉아 웃었다. 내가 늦어 놓고는 무얼 바라는 건지. 괜히 창문을 반쯤 내렸다. 하늘에 한 번, 지나가는 사람들에게 한 번, 창문에 비친 내 얼굴에 번갈아 시선을 옮겼다. 시원한 바람이 불었다. 이때다, 싶어 가슴속 응어리진 한숨 덩어리를 밖으로 훅 내보냈다. 그래. 차가 많으면 어쩔 수 없는 거지. 가서 정중히 사과드려야지. 지금 내가 여기서 할 수 있는 일을 할 뿐이야. 조금 늦을 것 같다는 연락을 했다. 서류를 정리하고 생각들을 정리했다. 걱정하지 않으니 한결 마음이 편해졌다. 결국, 약속 시간에 5분 늦었다. 죄송하다 말했고 괜찮다 하셨다. 서로 활짝 웃었다. 아까 그 끝 모를 불안은 어디로 갔는가. 문제는 문제가 아니다. 문제를 대하는 우리의 마음이 문제다. 걱정을 슬쩍 내려둔다. 지금, 여기, 내가 할 수 있는 일을 한다.

나를 위해

지난 사진을 정리하다 문득. 스무 살, 기차표를 끊고 무작정 떠났던 첫 여행이 생각났다. 여름방학의 긴 설렘과 소나기 내린 뒤의 왠지 모를 상쾌함이 함께 했던 시간들. 꽁꽁 싸맨 배낭은 무거웠지만, 자유를 만끽하던 발걸음은 무척 가벼웠던 기억들이 떠올랐다. 어느덧 십 년이 훌쩍 넘었구나.

지난주엔 또 한 번의 떠남과 또 한 번의 돌아옴이 있었고, 시간과 날씨가 허락하는 만큼 걸을 수 있어서 좋았다. 혼자서 아무것도 하지 않는 일과 아무런 생각 없이 무언가를 바라보는 일이 세상에서 제일 어려운 일이라는 것도 새삼 알게 되었다.

그렇게 정처 없는 여행길에 스르륵 만나게 된 어느 친구의 고백이 아직도 귓가에 맴돈다. 여기 아닌 다른 곳으로 가면 나아질 거라는 기대로 훌쩍 떠난 여행에서도 여전히 벗어날 수 없는 문제가 기다리고 있더라는 진심 어린 독백. 그리고 외적인 상황이 바뀌는 것이 아니라 나 자신이 달라져야 삶이 달라지는 것 같다는 이야기가 나를 그의 앞에서 한동안 멍하게 했다. 무방비 상태로 듣고 있던 나는 참 괴로웠다. 나에게 쏘는 화살 같아서. 애써 피할 수가 없어서.

나 자신이 달라져야 삶이 달라지는 것 같단 그 한마디 말을 하기까지 얼마나 힘든 시간들을 보냈을까. 여행만이 답이 아니더라고 말하는 마음은 또 얼마나 아팠을까. 그래도 참 행복해 보이는 얼굴이었다. 스스로 선택한 책임을 감내하는 모습이 참 대견스럽기도 했다.

결국 글을 쓰든, 여행을 하든, 노래를 부르든, 어디에 살든, 어떤 일을 하든 중요한 건 내가 달라져야 한다는 것. 나를 더 신뢰하는 방향으로, 나를 인정하는 방향으로 뚜벅뚜벅 걸음을 옮겨야 한다는 것. 이런저런 생각들을 곱씹으며 어제와 오늘을 꼬박 나를 둘러싼 공간을 정성스레 정리하는 데 썼다. 먼지를 털고 반짝반짝 윤이 나도록 닦았다. 나를 위해.

블렌딩

커피 하는 친구가 물을 끓인다. 조심스레 커피를 건넨다. 따뜻함 가득 품은 컵을 바짝 당겨 두 손으로 감쌌다. 예가체프와 산토스를 얼마의 비율로 섞었단다. 즐거운 눈빛이 서로 만나 춤을 춘다. 향이 참 좋다. 맛은 더 좋고, 은근한 노래도 참 좋다. 어제 사둔 책을 꺼내 찬찬히 읽었다. 시간이 흐르는지도 모르고 졸다 읽다 자다 쓰다 마시다 그랬다.

서걱서걱 친구는 다시 원두를 간다. 멍하니, 바삐 움직이는 그의 손을 쳐다봤다. 서로 다른 종류의 커피를 어우르게 하여 새로운 맛을 찾는다. 블렌딩. 서로의 장점을 부각시키고 단점을 완화해주는 커피들의 보이지 않는 향연이다.

주변의 모든 아름다운 것들에 취해 생각했다. 세상을 사는 일도 똑같을 것이다. 나의 맛과 너의 향이 근사하게 함께 어우러지는 삶. 할 수만 있다면 그렇게 지내고 싶다. 완벽한 사람이란 없다. 그러므로 우린 더불어 살아야만 하는 존재. 자연스레 섞이고 서로를 존중하며 나를 바로 세우는 일이 제일 중요하겠다. 이 향긋하고 따뜻한 커피처럼 말이다.

차분하게 앉아서 어제와 오늘을 얼마쯤 섞어 오늘을 살아내야 할
지 고민한다. 나다운 맛과 향을 위해서.

우산 같은 사람

갑작스러운 비. 기상청에 대한 뿌리 깊은 불신이 확신으로 변했다. 우산 좀 미리 챙겨 둘 걸 하는 후회는 한숨이 되어 하늘로 올라갔다. 일단 허공에 손을 뻗어 비의 양을 가늠했다.

뭐 이 정도쯤은 맞아도 괜찮다 되뇌며 처음엔 버티고 길을 걷다가 머리가 흠뻑 젖은 채로 결국 우산을 샀다. 아, 이렇게 사고 쓰고 두고 잃어버려 온 우산이 몇 개쯤이나 되려나 속으로 세어보다 피식 웃었다. 내가 봐도 너무 많으니까.

시내 곳곳에 우산을 맡겨두는 사물함이 있었으면 좋겠다고 생각했다. 집에 있는 우산들을 적절하게 나눠 두고, 언제 어디서나 비가 오면 가장 가까운 우산함으로 달려가면 되니까.

그렇게 또 하나의 우산이 나에게로 왔다. 꼭 필요할 때만 찾게 되는 우산들을 보면서 미안한 마음이 들었다. 비가 와야 (그것도 많이 와야) 그 고마움을 알아채는 내가 부끄러웠다.

도움이 필요할 때만 사람을 찾아 부탁하고 감사함을 평범하게 생각해 기억하지 못하고 지내다가 힘들어지면 다시 기대하는 너무나도 이기적인 내 모습을 반성하게 했다. 비에 젖은 눅눅한 옷을 벗어 던지고 나니 그제야 고마운 얼굴들이 하나둘씩 떠오른다. 어찌 잊고 살았나. '우리'라는 단어를.

스스로 물었다. 나는 우산 같은 사람일까? 아니, 아직 멀었다. 그래도 언젠가, 내가 누군가에게 우산 같은 사람이 될 수만 있다면 참 좋겠다. 평소에는 가만히 저 기억 밑에 숨어 있다가도 날이 흐려지면 가장 먼저 생각나는 사람, 꼭 필요할 때 더할 나위 없는 무언가가 되는 그런 사람, 적어도 비가 내려도 기억나지 않는 사람보다는 나을 테니까 말이다.

쏟아지는 비를 바라보며 힘차게 우산을 펼쳤다. 따뜻했다. 나도 웃고, 우산도 웃었다.

질끈

첫 손님이었다. 이제 막 문을 열고 따사로운 아침 햇살을 마주한 단골 카페. 여유로움을 만끽하며 들어갔다. 언제나처럼 방긋 웃으며 인사를 건네는 바리스타에게 커피를 주문하고는 한 발짝 물러서서 그가 살아가는 공간을 물끄러미 바라봤다.

비어 있는 듯, 꽉 찬 기구들. 자연스레 춤추듯 움직이는 두 손과 발. 차분히 스텝을 옮겨가며 원두를 갈고 우아하게 컵을 들어 제자리에 놓는 동작. 긴 손가락으로 버튼을 누르는 소리와 동시에 쪼르르 뜨거운 온기를 품은 커피가 떨어지는 마법 같은 시간. 그리고 그 곁을 조용히 지키는 묵직한 향기와 아름다운 빛. 마치 잘 짜여진 하나의 무대 같았다. 그 순간 그는 이미 멋진 배우였으며, 나는 박수를 보내는 관객이었다.

갑자기 주인공이 나를 등지고 멈춰 섰다. 무얼 하나 했더니 미처 입지 못한 앞치마를 둘러멘다. 양옆으로 나온 줄을 허리 뒤로 가지런히 모아 놓고 다부진 두 손으로 휙휙 리본을 만들어 질끈 묶어냈다. 아무리 힘들어도 절대 쉽게 무너지지 않겠다는 굳은 의지의 표현은 아니었을까. 보이진 않았지만 그런 힘찬 다짐을 하면서 눈을 질끈 감지는 않았을까. 내심 궁금해졌다.

리본을 질끈 묶던 그의 팔을 기억한다. 혼신의 힘을 다하기 위해 질끈 감은 그의 눈을 상상한다. 두 개의 질끈. 의지와 인내의 앙상블. 하루가 다 가버리기 전에 슬쩍 따라 해보다가 잠들어야겠다.

나이를 먹는다는 것의 의미

나이를 먹고 있다는 사실을 불현듯 깨닫게 되었는데, 처음 만난 누군가와 이런저런 이야기를 나누던 시간이었다. 약속 장소에 늦지 않게 도착해 인사를 하고 악수를 하고 명함을 건넸다. 마주 보고 앉아 서로가 하는 일에 대해, 쓰는 글에 대해, 살아낸 삶에 대해 소개했고 나라는 사람에 관계된 오늘과 어제와 내일의 생각들을 나눴다.

그 시간 동안 참으로 덤덤했다. 애써 과장하지 않았다. 부러 거짓으로 말하기를 피했다. 있는 그대로의 모습을 있는 그대로 표현하고자 했고 상대방의 진짜 모습을 이해하려 노력했다. 담담하게 차분하게 하지만 명확하게.

나이를 먹는 일이란, 조금 더 덤덤하게 더 냉정하게 나를 표현할 수 있게 되는 일일 것이다. 마음속 깊숙하게 존재하고 있는 아주 작은 진짜 나를 만나는 일일 것이다. 어쩌면 그 덤덤함은 자신감에서 오는 겸손이요, 허무에서 오는 겸허일지도 모를 일이라 생각하며. 오늘도 기꺼이 나이를 먹는다.

안단테

쏜살같이 지나간 하루. 밀도로 치자면 꽤나 농밀한 날이었다. 짜증, 변명, 분노, 기쁨, 슬픔, 설렘, 비교, 후회, 피곤, 즐거움과 같은 감정들이 한 치의 틈도 없이 바뀌가며 마음속 자리를 꿰찼다. 무엇이 진짜인지 구분하기도 힘들었고, 그럴 시간도 없었다. 생각이 정차역 없는 기차처럼 달리고 달렸다. 자정이 되어서야 정신을 차렸는데, 나도 모르게 어느새 두 팔을 휘휘 저으며 헐레벌떡 뛰고 있었다. 누가 먼저랄 것도 없이 앞만 보고 달리는 중이었다. 억지로 멈춰 가쁜 숨을 몰아쉬었다. 눈앞으로 멀어져 가는 내 모습이 보였다. 아주 작은 목소리로 주문을 외웠다. 안단테, 안단테, 적당히 느리게.

괜찮아요

"짬뽕 하나 주세요."하고 털썩 자리에 앉았다. 북적거리는 시간 속에서 잠깐이라도 눈을 감고 귀를 막고 싶었다. 그냥 혼자 멍하니 얼마쯤 지났을까. 두 손으로 그릇을 번쩍 들어 시원한 국물을 마시기까지 40분 정도 걸렸던 것 같다. 알고 보니 이미 내가 시켜두었던 짬뽕은 누군가의 젓가락에 점령당했고, 다른 누군가 주문했던 짬뽕은 밥과 함께 또 다른 누군가의 짬뽕밥으로 날라졌다. (지금 생각해보니 무진장 배부르셨겠다) 어찌 되었건 말짱한 짬뽕 한 그릇이 내 앞에 놓였다. 오늘 일을 시작하신 아주머니는 연신 늦어 미안하다고 손을 모아 말씀하셨고, 나는 더 고개 숙여 괜찮다고 말했다. '덕분에 아무 생각 없이 좀 쉬었습니다. 정말 괜찮아요.' 왠지 '괜찮다'는 말의 온도는 36.5도쯤 되지 않을까 싶었다. 뜨겁지도 차갑지도 않은 딱 그 정도. 너와 내가 함께 웃을 수 있는 그 정도. 짬뽕을 먹고 싶은 날이었고, 맛있는 짬뽕과 잠깐의 달콤한 여유가 배달되었다.

자이구루

자이구루! 인도의 인사말이란다. "지금 네 모습이 참 보기 좋은데, 너를 이렇게 훌륭히 키워준 선생님은 누구신지 그 선생님을 위하여!"라는 뜻이라는데, 글을 읽자마자 눈물을 흘릴 뻔했다. 아니 흘렸어도 창피하지 않았을 것이다. 이토록 아름다운 인사말이 있을 줄은 정말 꿈에도 몰랐다. 차분하게 두 손을 모으고 한없이 깊고도 맑은 눈을 마주 보면서 씨익 미소와 함께 인사하는 두 사람의 모습을 상상했다. 천천히 그리고 찬찬히. 생각만으로도 너무나 평온하고 따뜻했다. 인사란 원래 그렇게 하는 일이었을 것이다. 내가 너에게 너의 안부와 네 주변 사람의 안부를 묻는 말이었을 것이다. 언제 어디서나 우리는 '우리'로서 더불어 함께 살아가고 있으니까. 늘 곁에 존재해주는 너에게 감사하고, 그 감사함을 함께 나눌 수 있게 해준 너의 선생님께 감사의 마음을 전했으리라. 그래서 만나고 헤어짐에 구분 없이 똑같은 마음을 담아 당연한 듯 인사를 건넸을 거다. 한결같이.

문득, 아름다운 사람으로, 아름다운 삶을 살고 싶다는 생각을 했다. 오늘 배운 인사말처럼, 아름다운 인사말을 품고 지내다 보면 꿈이 이루어지는 날이 오지 않을까. 오늘도 감사하며, 모두에게 온 마음을 다해 말한다. 자이구루!

○○주의보

어느 선착장의 문이 굳게 잠겼다. 풍랑주의보로 배가 뜨지 못한다고 했다. 어쩐지 아침부터 바람이 많이 불더니만. 오늘은 갈 수가 없겠구나. 눈앞에 보이는 섬. 건너편 육지 끝에 서있는 나. 꼭 가보고 싶었는데. 거긴 네가 꼭 걸어보라 추천했던 곳이었는데. 아쉬움으로 변한 기대를 꼭꼭 접어 넣어두고 발걸음을 옮겼다. 듣자 하니 바로 옆에 오일장이 섰다 하여 가서 호떡도 먹고 과일도 먹고 국수도 먹고 막걸리도 마셨다. 게스트 하우스에서 뒹굴뒹굴 책도 많이 읽었다. 늦은 저녁엔 한 편의 영화를 선물 받았고, 여행길을 걷는 중인 사람들과 함께 보았다. 회와 맥주와 이야기는 덤. 정해진 건 없었지만 꽤나 신나는 하루였다. 풍랑주의보 덕분에.

가만히 앉아 생각하니, 사람과 사람 사이에도 가끔은 ○○주의보 같은 게 발령될 수 있다면 참 재밌겠다 싶다. 예를 들어, "오늘은 주변에 '걱정주의보'를 발령하겠습니다. 그러니까 많이 아쉽겠지만, 서로를 만나려면 걱정이 해결될 때까지 조금 기다려주셔야 합니다." 라든지, "내일부터 '알콜주의보'가 조금 길게 지속될 예정입니다. 간 건강을 온전히 회복한 후 다시 만나실 수 있습니다." 같은 우리 일상 속 이야기들.

서로를 만날 수 없는 그 짧은 시간 동안, 나와 너는 서로를 더 그리워하며 스스로의 삶을 정성껏 채워내지 않을까. 내가 오늘 그 섬에 닿지 못해 더 많은 사람과 함께할 수 있었던 것처럼 말이다. (단, 너무 자주 발령되는 주의보는 자칫 분노로 변할 수 있으니 조심할 것) 소소한 일상을 위한, 소소한 주의보들이 주변에 왕왕 있었으면 좋겠다.

조용한 겸상

가끔 혼자 밥을 먹는다. 이를 '혼밥'이라 한다지. 식당에 들어가 손가락으로 한 사람임을 표시하고 최대한 구석진 자리에 앉아 찬찬히 메뉴를 시킨다. 하지만 대개 식사 시간엔 붐비는 법이므로 4인 식탁을 홀로 차지할 수 없다. 자연스레 처음 보는 누군가와 마주 앉는 경우가 왕왕 생긴다.

겸상 아닌 겸상. 시끌벅적한 공간에서 이루어지는 대화 없는 조용한 겸상. 눈 한 번 마주치지 않고 각자의 위치에서 부단히 숟가락과 젓가락을 움직인다. 우리 삶이 그렇듯 주어진 시간과 임무에 너무도 충실하다. 서로에게 피해 주지 않으려 노력하면서. 또 어색하지 않게 배려하면서.

어디서 무얼 하는 사람일까. 물을 마시며 얼굴을 한 번 쳐다보았다. 그대는 어떤 사람이오? 무엇을 좋아하오? 힘든 일은 없으시오? 걱정거리가 있지는 않으시오? 슬쩍 아무렇지 않게 묻고 싶었다. 그리고 말하고 싶었다. 나는 요즘 이렇게 산다고. 힘든 일이 하나 있는데, 썩 견딜 만하다고. 또 그래서 가끔은 재미있다고.

너무도 조용하게, 하지만 너무도 성실하게. 그렇게 우린 잠깐 만나고 영원히 헤어졌다. 걱정은 없다. 알아서 각자의 길을 뚜벅뚜벅 걷고 있을 것이다.

감칠맛

감치다.
눈앞이나 마음속에서 사라지지 않고 계속 감돈다는 우리말.
감칠맛이 난다는 말은 아마도 이런 의미일 것이다. 무언가를 잊지
못해 언제나 생각하고 그리워하며, 보고 싶은 마음을 꼭 품고 사는
그런 상황. 그리고 그 중심에 서 있는 나.

감칠맛이 깊게 나는 사람이 되고 싶다. 나를 만난 이들에게서 쉽
게 멀어지거나 슬쩍 사라지지 않고, 멀리서 혹은 가까이에서 계속
마음 쓸 수 있는 사람이 될 수 있다면 좋으련만. 그런 방법은 아무
도 쉽게 알려주지 않는다. 어쩌면, 우리는 제각각의 감칠맛으로 알
게 모르게 서로가, 서로의 마음을 끌어당기고 있는지도 모르겠다.

달다가 쓰다가, 시다가 짜다가,
가끔은 오늘처럼 맛이 감쳐 흐르는 하루가 내심 참 고맙다.

잘한다

'잘한다.'라는 칭찬을 몹시 갈구하며 살았다. 어렸을 적엔 '운동 잘하네.' 소리에 괜히 기분이 좋았고, 조금 머리가 커졌을 땐 '공부 잘하네.' 말 한마디에 마음이 들뜨곤 했다. 막 성인이 되어서는 '술 잘하네.' 소리를 듣고 싶었으며 직장을 갖고 나니 '일 잘한다.'는 이야기를 알게 모르게 기대해왔었다. 부족하다 느끼는 부분을 무엇으로든 채우고 싶어 하는 나였으니까.

요즘은 이런저런 평가에 크게 마음 쓰지 않고 지내왔는데 문득 이젠 운동도 공부도 술도 일도 아닌 '이해를 잘한다.'는 칭찬이 듣고 싶다 생각하게 되었다. 이해는 그냥 하면 되는 것이지만 잘하는 이해는 좀 다른 영역의 일일 것 같았다.

내가 너를 잘 이해하고 네가 나를 잘 이해한다. 혹은 그런 부단한 노력들이 있다면 시간은 꽤 걸리더라도 보이지 않았던 서로의 모습을 조금은 알게 되지 않을까나. 그럼 우리는 마냥 좋은 건 아니더라도 조금은 덜 서운하지 않을까 싶다.

그런 면에서 누군가를 잘 이해하려는 노력은 어쩔 수 없이 서로에게 낼 생채기가 너무 아플까 봐 스스로에게 놓는 진통제 같은 것이랄까.

나는 너랑 달라,

"나는 너랑 달라."

쌀쌀함과 쓸쓸함의 중간 정도 어조로 남자가 여자에게 말했다. 나는 건너편 테이블에 앉아 가만히 듣고 있었다. 몹시 긴 침묵이 이어지는 동안 숨죽인 채 그의 다음 말을 기다렸다. 달라. 그다음의 이야기를 말이다.

우리는 다르다. 엄밀히 말하면 같아질 수 없다. 그렇기 때문에 "나는 너랑 달라."의 뒤에는 나를 위해 좀 더 노력을 해달라든지, 내가 너와 같은 생각을 할 수 없으니 조금 이해를 해주면 좋겠다는 다정한 부탁이나, 달라서 뭐가 문제라는 거냐! 혹은 다르면 좀 어떠냐? 같은 쿨한 인정 같은 말들이 이어져야 하는 것 아닌가 싶었다.

몇 마디 더 이어진 짧은 대화를 통해 그들은 차이를 다시금 확인했고 결국 다른 길을 가기로 했다. 표정들은 사뭇 진지했지만 나는 참 아쉬웠다. 다름이 꼭 나쁜 것만은 아닐 텐데. 재미난 관계의 시작일지도 모르는데. 상대방을 나에게 맞춘다는 건 괜한 욕심일 것도 같은데.

스스로에게 이야기하면서 그립지만 보지 못하는 사람들의 얼굴을 몇 떠올렸다. 어쩌면 다름에 대한 우리의 서투른 단정이 서로를 더 멀어지게 만드는 요인일지도 모르겠다고 생각하는 금요일 밤. 속절없이 식어가는 커피가 참 쓰다.

배운 대로 합니다

생일을 맞은 후배에게 축하 인사와 선물을 건넸다. 고맙다 해서 내가 더 고맙다 했다. 오랜만에 친구들에게 안부를 물어 건강 잘 챙기라 말했다. 곧 만나 소주 한잔 걸치자 약속했다. 지하철에서 할머니께 자리를 양보해드렸더니 미안하다며 가방을 들어주셨다. 옆에 있는 사람에게 밝게 인사했고, 함께 즐겁게 밥을 먹었다. 밥을 내가 샀으니 커피는 네가 사라 했다. 무진장 맛있는 커피를 마셨다. 맡겨진 일을 주어진 시간에 성실히 임했다. 어느 누구도 질투하지 않고 이기적이지 않으려고 자만하지 않으려고 조심 또 조심했다. 걸을 땐 천천히 힘차게 걸었다. 주변의 사물들을 보고 듣고 느끼며 살았다. 조용히 쉬면서 좋은 사람이 추천해준 좋은 책을 읽고 생각을 글로 썼다.

나는 배운 대로 했다. 참 감사하게도. 선생님에게서, 부모님에게서, 친구에게서, 선배에게서, 후배에게서, 책에서, 방송에서. 언제 어디선가 누군가 친절하게 보여주고 알려준 마음가짐으로 오늘 하루를 살았다.

어쩌면, 이 복잡하고 어려운 세상을 살아가는 데 필요한 모든 것들을 이미 다 배우지 않았을까.

말하지 않아도 알 수 있는 쉬운 방법들. 단순하지만 가장 현명한 삶의 방법들 말이다. 단지 우리는 알고 있는 대로, 배운 대로 하지 않거나 못할 뿐.

몰라

"몰라." 너무나 당연하게 말하는 네가 참 얄미웠다. 사실 '몰라'라는 놈이 더 미웠다. 괜히 찔렸는지도 모른다. 너의 몰라는 나의 몰라와도 같으니까. 나도 누군가에게 그렇게 당당하게 무심하게 무책임했을 테니까. 미움이 깊은 미안함으로. 미안함이 알싸한 슬픔으로 변했다.

마음 한구석에 쪼그려 앉았다. 가슴까지 무릎을 당겨 고개를 푹 숙였다. 어둠 속에서 되뇌었다. 몰라도 된다. 그랬더니 정말 더 모르는 상태가 되었다. 내가 무엇을 알고 있고, 또 무엇을 모르고 있는지. 그럼에도 우리가 애써 모른 척하며 사는 건 분명 아닐 거란 믿음이 생겼다.

알다가도 모를 이 세상에서 아무렇지 않게 존재한다는 건 정말 알다가도 모를 일이니까. 모른다. 그럴지도 모른다. 혹시 모른다. 잘될지도 모른다. 수많은 모름과 함께 살면서 차근차근 백지를 채워가는 게 인생 아니겠는가. 이제는 너의 몰라가 마냥 싫지만은 않다. 그래. 적당히 알고, 적당히 모르고.

일단 GO

지난주부터 나를 옥죄어 오던 고민이 '내가 이 일을 왜 해야 하는가?'였는데, 비로소 오늘 나를 자유롭게 만들어준 것이 '내가 이걸 하지 않을 이유가 있는가?'라는 질문이라는 건 참 재미있는 일이다. 왜냐고 묻는 용기도 분명 중요하다. 하지만 기꺼이 행동하지 못하는 이유에 대한 고찰도 당연히 존중받아 마땅하다. 감히 나에게, 너에게, 우리 모두에게 그것이 필요하다. 종종 해야 할 이유를 찾는 일보다, 하지 않을 이유가 없다는 걸 확인하는 일이 쉬울 땐. 일단 GO. 고민은 깊되 짧게. 그 후엔 기껍게. 일단 GO. 그래서 내일을 GOGO.

'내가 왜 해야 하는가?'라는 질문은 응용이 참 쉽다. 내가 왜 사야 하는가. 왜 일해야 하는가. 왜 살아야 하는가. 왜 너랑 놀아야 하는가. 왜 이 책을 읽어야 하는가. 왜 우리는 술을 먹어야 하는가. 왜 이런 고민을 해야 하는가. 왜 내가 여기에서 이렇게 존재해야 하는가. 등등. 슬쩍 바꿔보시길, 지금 여기서 그걸 하지 않을 이유가 있는지.

사라짐과 살아짐에 대하여

1.

어제와 오늘을 꼬박 살았다. 흐르는 시간을 할 수 있는 만큼 아주 잘게 토막 내 순간이라 이름 붙이고는 내 곁을 지나가는 순간순간에 최선을 다하는 사람이 되고 싶었다. 휙휙 스쳐 지나갈 시간들이 묵묵히 쌓여 나를 나답게 만들어 줄 것이라 믿었다. 삶의 순간들은 찬란히 사라졌다. 이젠 어디에도 존재하지 않는 그 순간들. 꽃처럼 아름답게 흩어진 나의 순간들. 소중한 추억으로 군데군데 아로새겨진 모든 순간이 너무나 소중하다. 살아온 모든 시간에 감사하며. 사라짐은 살아짐의 원동력.

2.

나에게 가장 중요한 일은 무엇일까? 여러모로 대답이 쉽지 않다. 욕심을 조금 내려둔 후 생각했다. 만약 허락된 시간이 많지 않다면? 나는 지금 무엇을 행동에 옮길 것인가 고민을 시작. 나름의 순서가 머릿속에 떠올라 몇 가지를 꼽아 손가락으로 세어본다. 부끄럽게도 이런저런 핑계로 시작도 못 한 것들뿐이었다. 사라짐의 컴컴한 얼굴을 마주하니 오늘을 사는 진짜 내가 보였다. 결국 살아짐은 사라짐을 위한 것 아닐는지. 마치 이 세상에 존재하지 않았던 것처럼 사라지기 위해 우리네 지금이 무진장 열심히 살아지고 있는지도 모른다. 그래야 아쉽지 않을 테니까. 마땅히 자연스럽게 또 태연하게 돌아갈 언젠가의 나를 위해. 남은 오늘에 혼신에 힘을 다한다. 살아갈 모든 시간을 기대하며. 살아짐은 사라짐의 원동력.

까만 화면

핸드폰이 꺼졌다. 충전기가 없어 다시 켤 수도 없다. 오랜만에 마주한 까만 네모 창이 참 깊다. 그 속에 가득 차게 비친 익숙한 얼굴의 시름도 참 깊다. 거기에 내가 있었구나. 그래서 너를 쉽게 놓지 못했구나. 핸드폰이 제 기능을 잃으니 비로소 알게 되었다. 그 작고 각지고 비싼 물건을 얼마나 자주 들여다보았는지. 조용히 숨죽이고 있는 까만 화면을 아무렇지 않게 자꾸 꺼내 보는 내 모습. 제 기능을 지금은 할 수 없다는 걸 이미 알고 있음에도 나는 자꾸 핸드폰을 손에 쥔다. 생각보다 몸이 먼저 앞서 달리는 상황이 참 웃기고도 슬프다.

슬쩍 버튼을 누르고 까만 화면에 비친 내 얼굴을 확인하고 다시 주머니에 넣는 일의 반복. 피식 웃어넘길 수 있는 일인데도 이내 씁쓸해졌다. 보이는 것만 보고 듣고 싶은 것만 듣고 믿고 싶은 것만 믿는 나. 핸드폰은 늘 켜져 있어야만 하는 물건이었다. 언제나 손을 내밀면 활짝 밝게 인사해주는 친구였으므로. 그 까만 화면을 나는 한동안 이해하지 못했다. 거기에 내가 있으면 안 되는 줄 알면서도 그 속의 나와 진짜 내가 같지 않은 걸 알면서도 네모난 기계에 살고 있는 내가 자꾸 보고 싶었나 보다.

시간이 지나니 핸드폰이 없는 삶도 썩 나쁘지 않다. 어쩌면 더 익숙했을 온전한 내 모습과 삶. 세상엔 보고 듣고 생각할 게 이리도 많은데, 네모난 핸드폰만 보고 살았던가. 가끔은 슬쩍 핸드폰을 꺼 두고 살아도 좋겠다고 생각했다.

막차

"모든 열차 운행이 종료되었습니다." 오랜만에 막차를 탔다. 집으로 가는 마지막 열차. 놓칠 수도 없고 놓쳐서도 안 되는 것. 어두운 갱도의 막장에서 나를 끄집어내 주는 느낌이라고 해야 하나. 아무튼, 지하철 안은 고요했다. 하루 종일 쏜살같이 지나가던 시간도 여기에서만큼은 잠시 숨을 고르는 듯했다. 자리에 앉아 눈의 초점을 흐렸다. 아무 생각도 하지 않으려고 애썼다. 아무것도 하지 않는 시간을 나에게 허락한 적이 언제였던가. 어디에선가 담배 냄새가 솔솔 풍겼고, 술 냄새와 땀 냄새가 섞여 나기도 했다. 가장의 피곤 섞인 한숨이, 직장인의 끝나지 않은 업무 이야기가, 학구열에 불타는 학생의 열정이, 초점 없이 서성이는 시선들이 좁은 열차 안을 가득 채웠다. 그래도 막차 안에 우리가 함께 있어 괜찮다 생각했다. 오늘은 특히 포근했다. 어쩌면, 막차의 다른 말은 '위로'일지도 모르겠다.

다음은 지금의 마음

'다음'이라고 쓰고 '마음'이라 읽어 버렸다. 맘대로 휘갈겨 쓴 내 글씨체를 탓할 일일까. 그래도 내심 요거 재밌네 싶어 가만히 앉아 생각에 잠겼다. 다음과 마음에 관하여. 다음은 있는 게 좋은가 없는 게 좋은가. 세상 진지한 표정으로 이리저리 자세를 고쳐가며 커피를 다섯 모금쯤 머금었을 때, 그냥 있어도 그만 없어도 그만이겠다 싶었다. 왜냐면 우리네 모든 다음 이야기들은 결국 지금 마음먹기에 달린 것 아니겠는가 하는 나름의 결론 때문에. (내 맘대로 다음을 마음이라 휙 읽어냈듯이 말이다) 돌아보니 인생은 다음이 꼭 필요한 시간과 그렇지 않은 시간의 연속이었다. 다음이란 녀석은 있으나 없으나 그때 그 지금의 마음들을 온몸으로 품고 있었으니, 삶은 지금과 다음의 아름다운 콜라보라 해도 좋겠다. 다음은 곧 지금의 마음이다.

김밥

올랐다. 집 앞 단골 분식집 야채김밥 값이 500원 올랐다. 반듯하게 잘린 달력 뒷장에 꾹꾹 천천히 최대한 사려 깊게 적어 넣은 새 가격을 바라보았다. 침착해. 놀라지 말고 들어. 이야기하는 것만 같았다. 늘 한결같을 것만 같았는데. 김밥을 싸주던 이모는 저걸 써넣으며 얼마나 미안했을까. 김밥을 싸가던 우리는 저걸 보며 또 얼마나 미안했을까. 서로 마주 보고 애써 웃었다. 김밥 두 줄이 주는 온기를 가슴에 꼭 품고 집으로 왔다. 맥주를 한 캔 꺼내고는 한 층 업그레이드된 김밥의 몸값을 위하여 건배도 했다. 요즘 세상엔 오르는 것투성이니, 그럼 나는 무엇을 슬쩍 내려야 하나 생각했다. 뒹굴뒹굴하며 고민하다가 이참에 욕심을 조금 내려놓을까 싶었는데 창밖에 비가 주르륵 내린다. 참 고맙다. 비라도 시원하게 내려줘서. 욕심은 조금 더 쥐고 있어 볼 일이다.

서른 반장

20년 전, 어머니는 〈서른 반장〉이란 제목의 글을 써서 보여주셨다. 당신 나이 서른아홉. 삼십 대의 마지막에서 세상 모든 서른들의 반장이 되어 그 나이 즈음의 생각들을 덤덤하게 이야기하셨고, 열 살 남짓이었던 나는 서른이란 그저 막연한 미래의 일이라 넘어갔던 기억이 난다.

어느새 서른을 훌쩍 넘어버린 나. 저 멀리서 차근차근 다가오고 있는 서른 반장의 자리를 고대하면서 오늘을 산다. 그때 어머니의 마음을 반의반쯤이라도 이제는 이해할 수 있지 않을까 설레기도 하면서.

어쩌면, 우리는 삶이란 좁고 기다란 선 위에 서서, 비슷한 시기에 같은 고민을 하며 살아가야만 하는 존재들일지도 모르겠다고 생각했다. 내 아버지 어머니가 그랬던 것처럼 말이다.

실력

언제쯤이었던가. 이곳저곳 끊임없이 이력서를 보내던 그때. 일필휘지로 써 내려가던 글이 막히던 곳이 딱 한군데 있었으니 바로 취미와 특기를 적는 곳이었다. 놀고먹는 것 외에는 마땅한 취미가 없기도 했고(물론 지금도 그렇지만), 특기라고 내세울 만한 능력이 있는가 스스로도 궁금했던 시절이었다. 대충 독서라고 썼다가 지우고, 여행이라 썼다가 지우고, 등산이라 썼다가 지우고, 결국 운동이라 써냈던 기억이 났다. 그때부터 나만이 가진 특별한 능력은 무엇일까? 하릴없는 고민이 꽤나 길게 이어졌다. 그러다 문득 궁금해졌다. 이 작은 종이 한 장에 나란 존재를 꾸밈없이 소개해야 한다면 가장 필요한 것은 무엇일까. 분명 취미나 특기는 아닐 텐데.

내심 실력을 써넣어야 맞지 않을까 싶었다. 실력. 실제로 갖추고 있는 힘이나 능력. "당신은 어떤 취미나 특기를 가지고 있습니까?"보다는, "당신이 가지고 있는 실력을 맘껏 써보시오!"가 더 있어 보이니까. 막상 입으로 말해보니 무진장 무거운 그 두 글자를 가지고 찬찬히 내가 갖고 있는 실력은 무엇인가 생각하기 시작했다. 실력인 줄 알았던 것 중에는 막상 실력이라 할 수 없는 것들이 대부분이었고, 실력이라고 생각하지 않았던 것들은 가차 없이 정말 실력이 아닌 것들이었다. 나는 무얼 하며 살았나. 넘치던 자신감은 어

느새 겸손이 되었고, 결국 바짝 엎드려 겸허해지기까지 한 시간들
이 켜켜이 쌓이고 또 쌓였다.

아직도 잘은 모르겠다. 진짜 실력이라 말할 수 있는 그 무언가가 나
에게 있는지. 그저 주변 상황에 조금 더 차분하고, 어제보다 오늘
조금 더 성실하고, 나보다 주변 사람을 조금 더 생각하고, 맡겨진
일에 최선과 책임을 다하는 것. 이런 것들도 실력이라 할 수 있다
면, 내가 가진 조그만 능력들이 아닐는지. 또 하루를 마무리하며,
살아간다는 건 이리도 재밌고도 힘든 일이구나 하며 시간을 곱씹
어 본다. 그리고는 송골송골한 맥주를 한 캔 꺼냈다. 아, 술을 맛있
게 먹는 능력도 슬쩍 추가. 우리 모두의 반짝반짝한 삶을 위하여.

하면 된다

하면, 된다. 사이사이 보이지 않는 문장들을 슬쩍 쓰고 읽고 지운다.

(무엇이든 자만하지 않고 열심히 배우고 성실하게 연습하고 남들과 비교하지 않으며 묵묵히 스스로 최선을 다)하면, (천천히 발전하게 된다. 다시 초심으로 전심으로 반복하고 또 반복한다. 급하지 않게. 간간이 넘어지고 다치고 뼈아픈 실패도 하겠지만 괜찮다. 꾸준함으로 참고 견디며 하나하나 해내다 보면 듬직한 자신감이란 놈이 생긴다. 그것이 한 번 두 번 여러 번. 결국, 나의 것이 된다. 신나게 재밌게 즐긴다. 그때부터가 진짜다. 뭘 해도) 된다. (이제는 겸손과 겸양으로 다시 시작.)

나는 믿는다. 삶이란 '하면 된다.' 사이사이의 틈을 꼭꼭 채우는 일임을.

내탓네덕

누군가 나에게 "인생을 살면서 가장 귀감이 될 만한 사자성어 하나 추천해주세요."라고 요청한다면, 한 치의 망설임 없이 웃으며 "내탓네덕"이라 대답하겠다. 누군가는 그게 무슨 사자성어냐 하겠지만. 요즘 가장 듣기 힘든 말, 또 듣고 싶은 말 중 하나인 것은 분명하다.

내 탓이고, 네 덕이다. 참 인상 깊은 말이다. 잘못은 나의 책임으로, 성과는 다른 이의 공으로 돌리라는 뜻의 이 말은 너무 감명 깊고 의미 있지만, 사실 우리 같은 현대인들이 실천하기엔 쉽지 않은 행동임이 분명하다. 사소한 잘못이라도 핑곗거리가 있어야 살아남기 좋고, 작은 공이라도 크게 포장하여 내 것으로 가져오면 득이 되는 게 우리가 사는 경쟁 사회의 현실이기 때문이다.

그럼에도 불구하고 '내탓네덕'의 삶을 살고 싶다. 누구의 탓이어도 괜찮다면, 내 탓이면 좋겠다. 누구의 덕이어도 좋은 일이라면, 너의 덕이었으면 좋겠다. 하루에 꼭 한 번은 "내 탓이다. 미안하다." "네 덕분이다. 고맙다."라고 말해야지. 꼭 그래야지.

못난 놈

보람찬 하루 일을 끝마치고서 집에 가는 길. 오늘따라 내 방 침대가 유난히 멀게만 느껴져 지하철역 앞에서 몸을 휙 돌렸다. 공허한 시선이 저 멀리 빨간 빈 차 표시를 찾아 이리저리 한참 움직이고 있는 그때. 한 아주머니가 불쑥 시야에 들어와 섰다. 한숨이 한 번. 짜증이 두 번. 내가 더 앞으로 걸어가야 하나 고민했지만, 빨리 가는 게 무슨 대수냐 생각하고는 말았다. 얼른 택시 두 대가 달려와 두 번째 택시 뒷좌석에 몸을 던지길 바라는 마음뿐이었다. 몇 분쯤 흘렀을까. 반가운 택시 한 대가 우리 앞에서 속도를 늦추었다. 붉은빛의 '빈 차' 글자가 너무도 선명했다. 하지만 아주머니는 손을 올리지 않았다. 자연스레 택시는 찬찬히 내 앞에 섰다. 한 치의 망설임도 오차도 없이 그렇게 자연스레 왔다. 멍하니 문을 열고 차에 올랐다. 아주머니는 부러 택시를 잡지 않았다. 나를 위해. 기사님께 목적지를 건네고 차마 뒤를 바라볼 수 없었다. 내 시선과 한숨, 짜증이 향했던 그곳엔 부끄러움으로 가득 찬 내가 서 있었기 때문이다. 뭐 하느라 그 쉬운 꾸벅 인사도 못 하고 왔단 말이냐. 이 못난 놈. 사는 건 참 어렵다. 잘사는 건 더 어렵다.

무엇이 중한가

낙하산을 메고, 바람 의자 위에 앉았다. (담양에 가서 패러글라이딩을 탔다) 공중에 붕 떠 있으니 포근하고 시원한 설렘이 온몸을 감쌌다. 신나서 손에 들려준 카메라만 쳐다보았다. (스스로 영상을 찍을 수 있게 손잡이가 달린 카메라를 하나씩 준다) 한참을 이리저리 돌려가며 찍었다. 기념하고 담아내고 싶었다. 그러다 문득, 생각이 멈췄다. 하늘과 구름과 바람과 산과 들과 햇빛 모두가 내 곁에 이리도 가까이 있음에도 불구하고, 이 순간 나는 저 작은 렌즈 구멍만 바라보고 있었다니 무척 부끄러웠다. 이 아름다운 풍광 앞에 눈 둘 곳이 하나뿐인가. 슬며시 카메라 든 손을 무릎에 내려놓고 찬찬히 사방을 둘러보았다. 그제야 제대로 보였다. 내가 곧 세상이었다. 과연 무엇이 중한가. 나를 향한 시선에 하릴없이 눈을 맞춰내느라 정작 나에게 주어진 소중한 순간, 꼭 만나야 할 의미 있는 장면들을 놓치고 있는지도 모른다.

너로 인하여

가을비의 기척이 참 따습다. 반쯤 열린 창 사이로 부드러운 바람이 바삐 오간다. 가만히 그 앞에 섰다. 안녕. 살포시 떨어져 기꺼이 땅에 스며드는 빗방울들과 눈을 마주쳤다. 반갑다. 진짜 가을이 오는구나. 종일 돌아가던 선풍기를 껐다. 그간 고생했네. 가을이 오고 있어. 촉촉함으로 가득 채워진 세상을 바라보며, '더불다'라는 단어를 조심스레 되뇌었다. 왠지 그래야만 할 것 같았다. 눈을 감았다. 가을비 소리와 향기에 아득하게 취했을 즈음, 마음속 어딘가 '너로 인하여'라는 말풍선이 빙빙 맴돌고 있었다. 나와 네가 서로 찡긋 웃는다. 어깨동무하고 '너로 인하여'로 시작하는 따뜻한 말 선물을 주고받는다. 더불어 사는 일은 매사에 나보다 너를 먼저 위함으로 시작하는 것. 상상만 해도 참 아름다운 일이다. 오늘은 비가 그치지 않았으면 좋겠다. 너로 인하여 가을이 빨리 왔으면 좋겠다.

좋은 것과 싫지 않은 것

쉬웠다. 좋은 것을 찾는 일보다 싫지 않은 것을 찾는 노력이 더. 편했다. 좋은 물건에 쌓여 사는 것보다 불편하지 않은 물건을 쓰며 지내는 일이 더. 그래서 그렇게 살았다. 좋은 것이 두 개 있으면 욕심이라 믿었고 싫지 않은 건 그저 하나로 족하다 믿고 살았다. 꼭 좋은 것들로만 가득해야 하나. 과연 그럴 수 있을까. 내 주변은 진짜 좋은 것 몇 개와 싫지 않은 여러 가지로 가득하다면 충분하겠다고 생각했다. 왠지 싫지 않다는 말은 우린 더 가까워질 수 있다. 그리고 절대 멀어질 수는 없다는 이야기를 동시에 품고 있는 것만 같은 느낌이랄까. 애매하지만 적당한 딱 그 정도.

오늘도 싫지 않은 일을 하는 것과 좋지 않은 일을 하지 않는 것에 대하여, 누군가에게 싫지 않은 사람이 되는 것과 누군가에게 좋지 못한 사람이 되지 않는 것에 대해 고민한다. 이렇게 사는 나. 썩, 싫지 않다.

02

고독하지만 외롭지 않은 날들

고민

나는 오늘도 고민한다. 월요일과 화요일의 사이에서, 출근과 퇴근의 사이에서, 짜장면과 짬뽕의 사이에서, 지하철과 버스의 사이에서, 사람과 사람의 사이에서, 일과 일의 사이에서, 좋음과 싫음의 사이에서, 말과 행동의 사이에서, 이상과 현실의 사이에서, 안정과 도전의 사이에서, 최선과 타협의 사이에서, 재미와 의무의 사이에서, 질문과 정답의 사이에서, 결국 또 고민과 고민 사이에서.

어쩌면 인생 자체가 고민의 연속일지도 모른다. 고민은 오늘보다 더 나은 내일을 만드는 삶의 원동력일지도 모른다. 그래서 지금 여기, 우리의 고민은 마땅하다.

고민. Go, Mean.
Go, Mean-ing.
고민하고 있나. 찾고 있나. 각자에게 주어진 삶의 의미를.

오늘다운 오늘

펜을 들었다. '이 세상에서 가장 견디기 힘은 일'이라 적었다. 이리
저리 생각을 굴리다가, 어제와 똑같은 오늘을 사는 일. 어쩔 수 없
는 오늘을 사는 일. 내일이 기대되지 않는 오늘을 사는 일, 이라 연
달아 세 줄을 휙 써 버리고는 펜을 던지듯 놓았다. 흐리멍덩한 초
점으로 제 소임을 다하고 축 처져 누워 있는 볼펜을 바라보았다.
괜히 어제와 오늘의 내 모습에 부끄러움을 느꼈다. 오늘다운 오늘
을 살았던가. 타성에 젖은 시간 속에서 방향 감각을 잃은 채 가만
히 있는 건 아닌지 내심 걱정이 되었다. 오늘이 참 오늘다울 수 있
는 이유는, 그 오늘 속에 사는 내가 늘 새롭기 때문이겠지. 오늘다
운 오늘을 사는 일이, 이 세상을 가장 나답게 살아내는 방법일 텐
데 생각했다. 알 수 없는 저 너머로 떠오르는 아쉬움들을 달래면서
이불을 폈다. 내심 조금 멀리 있는 내일이, 얼른 내 눈앞의 오늘이
되길 바라는 마음과 함께 잠을 청하기로 했다. 시간이 스쳐 흐르는
소리가 들린다. 휙휙.

지독, 중독, 고독

성공에 필요한 삼독이 있단다. 지독, 중독, 고독이라 부른단다.
그중 으뜸은 누가 뭐라 해도 '고독'이리라.
고독해야 무섭게 지독할 수 있고, 고독해야 끝없이 중독될 수 있
을 게다.

고독이란 삶 앞에서 결국 혼자라는 사실을 직시하는 일.
남에게서 시선을 거두고 오롯이 나만 바라보는 일.
날것 그대로의 나를 만나는 일.
내가 스스로 나다움을 만드는 일.
나 자신과 대화하는 일.
자신을 사랑하는 일.
하나의 독립된 정신이 되는 일.
극복하는 게 아니라 기꺼이 즐겨야만 하는 일.

어쩌면 고독은 자립의 다른 말일지도 모르겠다.
커피의 온기가 쌀쌀한 봄바람에 슬며시 식어간다.
두 손으로 컵을 감싼 채, 둥둥 떠다니는 머릿속 생각들을 끌어모은다.
오늘, 내가, 지금, 여기, 온전하게, 존재하고, 있다. 괜찮다.
참, 아름답고 고독한 밤이다.

이상한 날

진짜 이상한 날이 있다. 수십 대 택시가 지나가도 내가 탈 차는 없는 날. 바쁜 손만 의미 없이 쉴 새 없이 차가운 허공을 갈랐다. 가만히 선 채로. 처음 10분은 그러려니 했다. 다음 10분은 택시 기사님과 먼저 탄 사람들을 원망했다. 그다음 10분은 나를 책망했다. 그리고 가만히 서서 10분쯤 더 지났을까. 몇 대의 택시를 지나 보냈는지 가늠이 안 될 정도가 되었을 때. 나는 아무 말 없이 지하철역으로 향했다. 날이 참 추웠다. 손도 시렸고 마음도 차가웠다. 내일 쓸 에너지까지 끌어모아 발걸음을 옮겼다.

집에 돌아와 따스한 방바닥에 등을 대보니, 아까 마음에 품었던 그 원망과 책망이 무척이나 부끄러웠다. 마지막 원망의 화살은 나를 겨누고 있지 않았나. 결국, 불평은 돌고 돌아 나에게 오고 있었다. 그럴 수밖에 없는 것이었다. 그리고 그 시작이 나일지도 모른다고 생각했다. 나로부터 시작된. 나에게서 끝나야만 하는 그런 것. 나에게 가장 중요한 것은 본인이기 때문일까. 모든 일에 내가 문제라고 생각하면 마음이 한결 편해진다. 우리는 언제나 또 얼마나 갈등의 이유를 너에게서 찾으려 했던가. '나'보다 '너'를 먼저 보는 순간, 우리는 비교하고 따지고 평가하고 재단하고 상처받고 오해하고 불평하고 변명하고 또 너무 이기적인 사람이 된다. 당분간은 너를 찾지 않기로 다짐했다. 오롯이 나만 보기로.

집에 오는 길이 꽤나 길었다. 택시는 못 잡았지만, 진짜 나를, 진짜 내 마음의 실오라기의 끝을 손가락으로 살짝 잡은 것만 같았다.

현실, 실현, 꿈

두 친구를 소개한다. 사실 이 둘은 이름이나 모양새가 닮아서 아주 비슷해 보이기도 하고 또 어찌 보면 참 다른 녀석들이다. 왠지 꼭 붙어 있어야 할 것 같으면서도 서로 멀찌감치 떨어져 있어도 괜찮을 것 같다. 같은 듯 다르지만, 둘은 언제나 나와 함께했다. 분명 앞으로도 그럴 거다. 믿어 의심치 않는다. 느지막이 일어난 토요일 오후, 카페에 앉아서 친구들의 이름을 흰 종이에 써 본다. 두 개의 이름이지만, 단 두 글자로 충분하다. 끄적끄적 적어두고 조용히 소리 내어 읽어본다. '현실', 그리고 거꾸로 다시 이야기한다. '실현'

현실과 실현. 모두의 오랜 친구들이다. 그간 소홀했던 두 친구와의 관계를 어떻게든 잘 정돈하고 싶어 이리저리 머리를 굴려본다. 현실과 실현 사이에 '꿈'이라는 새로운 친구를 슬쩍 밀어 넣는다. 어깨를 두드리며 앞으로 잘 지내보자 말했다. 꿈에게 현실과 실현의 징검다리 역할을 해달라고 부탁했다. 꿈과 현실의 징검다리가 바로 실현이다. 실현하면 꿈이 현실이 된다. 그렇게 새로운 친구가 생겼다. 꿈을 꾸어야 하는 이유가, 꿈을 실현해야 하는 이유가, 현실이 꿈이 되어야 하는 이유가 지금 여기 우리에게 있다. 아무렴 좋다. '나'와 '꿈', '현실'과 '실현'이 신나게 노는 하루하루가 차곡차곡 쌓이고 쌓여 우리만의 이야기가 되겠지.

하나, 둘, 셋

하나, 출근길 계단을 오르며 알싸한 질문을 품었다. 생이란 반복되는 것. 다만 똑같은 것의 무한 반복이 아니라 늘 새로운 것의 반복, 즉 일회성의 반복이다. 그렇다면, 지금을 오롯이 살아내기 위해 가장 먼저 해야 할 일은 나의 오늘이 어제와 똑같지 않음을, 확연히 다른 새로운 하루임을 자신 있게 증명하는 일이 아닐까.

둘, 따사로운 오후의 햇살을 받으며 계단을 걸었다. 어제와 다른 오늘, 어제와 같지 않은 오늘의 나는 과연 무엇으로 가능한가. 새로운 마음을 갖는 일, 새로운 생각을 행동으로 옮기는 일, 새로운 사진을 찍는 일, 새로운 글을 쓰는 일과 같은 작고 재밌는 시간의 조각조각들이 곧 삶이란 굴레에 주어진 이 어려운 방정식을 푸는 나만의 방법일 것이라 생각했다.

셋, 퇴근길엔 계단 틈에 작게 핀 풀꽃 그림자가 나를 그 앞에 쪼그려 앉게 했다. 너도 너로서 새 하루를 살았겠구나. 대답 없이 차분하게 웃고 있는 것만 같아, 참 예뻤다.

쏘주

무엇하러 그렇게 열심히 사느냐는 친구의 목소리에 선 채로 맥이
탁 풀렸다. 내가 할 수 있는 일이 그것밖에 더 있겠느냐고 대답하
고 싶었지만, 전적으로 맞는 말이었다. 내심 고맙기도 했다. 무엇
하러 속 무엇이 대체 무엇인지도 모른 채, 그 무엇과 아무 상관 없
는 단편적인 상념들로 일상을 가득 채운 채 살고 있었다. 질투나
경쟁 따위의 것들과 함께 말이다. 그냥, 꽁꽁 얼어붙은 호수에 빠
진 것 같았다. 고요한 어둠 속으로 서서히 침잠하는 느낌. 발버둥
소리마저 귀에 닿지 않는 공간에서조차 묵묵하게 열심히 떠내려가
고 있는 내 모습을 만났다. 언제까지 또 어디까지 갈 수 있을까 문
득 겁도 났지만, 담대하고 담담하게 견디기로 다짐했다. 나만의 무
엇을 찾을 때까지. 나만의 별을 보고, 나만의 길을 걷고, 나만의 노
래를 부를 때까지.

그 누구의 어떤 질문에도 내가 할 수 있는 대답은 "그냥, 그저 그
래" 하나로만 정해진 오늘 하루. 기분이 참 쏘쏘다. 얼큰한 국물에
차가운 얼음 소주가 생각나는 밤이다. 아, 그래서 쏘주인가.

바쁨

요즘도 많이 바쁘냐는 친구의 질문에, "바쁨을 넘어선 단계가 되면, 그걸 조절할 수 있게 되는 것 같아."라고 대답했다. 무심코 내뱉은 말이었는데, 돌이켜 보니 한참을 곱씹게 된다. 인간은 적응의 동물이라더니 바쁨도 익숙해진다는 말인가, 내가 말해놓고도 딱히 이유를 찾을 수 없다. (사실, 조절이라기보다 포기에 가까울지도 모른다)

하여간, 오늘도 우린 참 앞다투어 열심히 바쁘다. 어제와 오늘이 별반 다르지 않고, 하루하루가 익숙해져 조금의 여유가 생기더라도 금세 다른 일이 그 자리를 꿰찬다. 다만, 해야만 하는 일들이 주는 바쁨을 어느 정도 조절할 수 있게 되면, 하고 싶던 일 몇 개가 슬며시 삶 속에 스며들지 않을까. 사는 게 아무리 바빠도 즐거운 이유다.

서른, 이립

공자는 나이 서른을 이립(而立)이라 했다.

이립,
마음이 확고하게 도덕 위에서 움직이지 않는,
스스로 뜻을 세우고 설 수 있는 나이.
누군가의 도움 없이 바로 서는 일이며,
스스로의 힘으로 생활하는 일.
또는 학문의 기초를 확립하는 일.

저마다 해석은 다르지만,
스스로의 뜻과 의지로 삶을 살아간다는 내용임엔 틀림없다.

누구나 부러워할 만한
거창한 삶의 목표와 꿈을 이야기하는 게 아니라
각자 인생의 주인으로서 삶을 살아내야 한다는 이야기.

본질은 단순하고,
모두 한곳을 향한다.

스스로 바로 서는 일은,

내가 나를 이해하고, 지금의 내가 존재하는 의미를 알고,

주변의 어떠한 이야기에도 흔들리지 않는 확고한 마음과 함께,

스스로 세운 삶의 철학을 통해 생각하고 행동하는 일.

나는 오늘도 자립을 꿈꾼다.

개인이든 단체든, 최종 목표는 자립이어야 한다.

주변의 도움에 의지하다 보면, 욕심은 커지고, 서두르게 된다.

소중히 지켜야 할 가치들을 온전하게 지키며

아주 느리더라도 천천히 돌아가야만 하는 이유다.

변한다는 것에 대하여

오랜만에 만난 지인이 너는 참 변하지 않는 것 같다고, 늘 한결같아 좋다 말해주었다. 머리를 긁적이며 멋쩍은 웃음을 지어 보였다. 그런가. 내가 그런 말을 들을 자격이 있을까 잠깐 생각해보고는 슬쩍 아니라고 대답했다. 감사했지만, 사실 전보다 이래저래 많은 변화가 있었기 때문이었고 그래서 내심 스스로 부끄럽기도 했다. 분명 전보다 좀 더 이기적인 사람이 되었고, 좀 더 자주 무기력해졌으며, 좀 더 귀찮은 것을 싫어하고, 좀 더 남에게 피해를 주면서도 나의 편안함이 먼저인 줄 알았고, 좀 더 사람을 내 기준대로 판단하기도 하였으며, 조금 덜 열심히 살아도 된다고 스스로 정의하기도 하고, 순간의 위기를 모면하기 위해 이런저런 핑계를 대기도 하면서, 생각과 행동이 일치하지 않는 그저 말뿐인 사람이 되었다고 생각했다. 그럼에도 언제나 한결같다는 소리를 들을 수 있다는 게, 여간 마음이 불편한 일이 아니었다.

모든 것은 변한다. 나도 변하고, 너도 그렇다. 우리는 어제와 오늘을 다르게 생각함으로써 살아갈 용기를 얻기도 한다. 종종 새로운 내일을 생각하며 힘을 얻곤 한다. 하지만 변하지 말아야 할 것 혹은 변하지 않았으면 좋겠다는 것이 있다면, 그것은 '내가 바로 나'라는 사실이 아닐까. 시간이 흘러 주변의 모든 것들에 영향을 받아

내가 변하고 또 변해도, 내가 나라는 사실은 변하지 않았으면 좋겠다. 바람이 차고 세다. 굳건하게 흔들리지 않도록, 내가 나를 좀 더 잘 붙들고 있어야겠다.

반가움

"착륙하겠습니다."

낮고 굵은 목소리. 길고 크고 빠른 물체의 착륙이란 나에게 안심과
같은 의미다. 내 몸의 어딘가가 다시 땅에 닿아 있다는 (아니, 땅으로
부터 연결된 무언가로부터 닿아 있다는) 안도감 같은 것이 분명히 있다.
먹먹해진 귀에 손을 대고 찬찬히 숨을 쉬고 있는데, 창가 자리에
앉은, 비행기가 공중에 떠 있는 내내 졸고 있는 엄마에게 쉴 새 없
이 수다를 늘어놓았던, 아주 귀여운, 작은 꼬마 소녀가 모두가 다
들릴 정도로 신나게, 아주 신나게 말했다.

"아저씨, 안녕하세요!"

몽롱했던 정신이 번뜩 들었다. 창밖을 향해, 아마 활주로에 서 있
던 누군가를 향해 손을 흔들며 던진 말이리라. 목소리의 주인공과
잠깐 눈을 마주쳤다. 서로 씩 웃어주었다. 아마도 반가움은 저렇게
아무렇지 않게, 포장하지 않고 표현하는 것일진대, 우리는 설렜던
마음을 표현하기 전에, 상대방이 어떤 사람인지, 무슨 대답을 받게
될지 지레 판단하고 있지는 않나.

언젠가 걸었던 길을 다시 걸었다. 전에 만났던 바다가 다시 나를 마

중했다. 똑같아서 반가운 풍경. 새롭게 스쳐 지나가는 바람에게 인사를 건넸다. 목소리에 힘을 주고 외쳤다. 그 누구보다, 그 언제보다 반갑고 또 반갑게, 꼬마 아가씨에게 배운 것처럼, "안녕!"

비와 바다

비가 스르르 내려와 바다에 폭 떨어진다
어쩌면 비와 바다는 본래 한 몸이었는지도 몰라
멀리 떨어져 애타는 그리움을 견디며 지냈던
그동안의 시간을 생각하며
비와 바다는 서로 껴안고 울고 있는지도 몰라
다시는 멀어지지 말자고
다시는 울지 말자고
함부로 표현하지 못했던 마음을 표현하느라
파도가 저렇게나 출렁이는 것일지도 몰라

그래서 나도 오늘은 좀 울고 싶은지도 몰라
비와 바다를 멍하니 보고 있노라니
지금 여기 살고 있는 나와
어딘가에서 꿈을 찾고 있는 내가
너무 오래 떨어져 있었고
부끄러운 두 개의 내 모습이
이제는 쉽사리 하나가 될 수 없어
흐린 날씨 덕분에 목 놓아 울고 있는
비와 바다가 참 부러워서 그런 걸지도 몰라

책임

저녁 약속 30분 전에 도착했다. 갈 곳을 잃은 그 시간이 꾸역꾸역
이 글을 쓰게 한다. 사람들의 머리 위로 벚꽃 잎이 흩날리는 것은
봄의 책임이고, 들판에 시원하게 뿌려지는 빗물은 여름의 책임이
며, 불처럼 타오르다 찬찬히 내려앉는 단풍은 가을의 책임, 조용하
게 또 소복하게 온 세상을 덮는 흰 눈은 겨울의 책임이겠지, 라고
생각했다. 나의 책임은 어디쯤 있는가. 나도 책임이란 걸 가지고는
있는 걸까. 맡겨진 내 몫의 책임에 재미를 느껴 오롯이 내 길만 바
라볼 수만 있다면, 흔들림 없이 걸어갈 수만 있다면, 주변의 어떤
것도 그리 썩 중요한 일은 아니게 될 텐데. 여기까지 생각하니 딱
오 분 전. 배가 고프다. 친구들이 늦지 않았으면 좋겠다.

여행을 떠나는 이유

책방 정리를 하다 만난 두 권의 여행 책. 펼쳐보진 않았다. 대신 나란히 두고 사진을 찍었다. 막 이십 대에 들어섰을 즈음, 그리고 군복을 입고 푸르른 꿈을 꾸던 젊은 날에, 나는 가지각색의 기행 이야기들을 닥치는 대로 읽곤 했다. 마치 여행만이 내 청춘의 원동력인 것처럼, 내 삶의 이유인 것처럼 맘껏 상상하고, 부러워하고, 날아다녔다. 아무렇지 않게 떠나고 돌아오는 행동 속에서 가늠할 수도 없는 깊은 외로움을 마주하기도 했고, 자연의 위대함 앞에 인간이란 존재가 얼마나 초라한 것인지 느끼기도 했다. 좋은 사람들과 함께 아름다운 하늘과 바다를 마냥 바라보며 흠뻑 술에 취하기도 했으며, 걸음을 옮기며 진짜 내면에 존재하는 내 본모습을 마주하고는 흠칫 놀라기도 했다. 그 책들을 열면, 아팠고 신났던 추억들이 아련히 사라질 것만 같았다. 그렇게 몇 분을 멍하니 바라만 보고 있었다. 기억을 거슬러 올랐다. 언제였던가. 누군가가 매끄럽게 적어둔 여행을 떠나는 이유는 돌아와 더 잘살기 위함이라는 글귀를 읽은 적이 있었고, 나는 말없이 고개를 끄덕였다. 오늘은 그런 날이었다. 문득 어디로든 홀연히 떠나 처음 만난 낯선 길 위에서 오롯하게 서 있다가 한참 시간이 지난 후에 다시 씩씩하게 돌아오는 내 모습을 상상하며 웃음 짓게 되는 날.

그냥, 욕심일지 모르겠지만, 일상이 여행 같다면 참 좋겠다고 생각하며 심란한 마음을 추슬렀다. 내일을 잘살기 위해 오늘을 신나게 여행하는 중이고, 짧고도 길었던 어제의 여행은 분명 오늘을 더 즐겁게 지내도록 도와주었을 테니까. 여행이 삶이랑 닮았다는 건, 이런 이야기가 아닐는지.

'잘'에 대하여

옳고 바르게. 좋고 훌륭하게. 익숙하고 능란하게. 자세하고 정확하게. 분명하고 또렷이. 아주 적절하게. 아주 알맞게. 아무 탈 없이 편하고 순조롭게. 유감없이 충분하게. 아주 만족스럽게. 예사롭거나 쉽게. 아주 멋지게. 아름답고 예쁘게. 충분하고 넉넉하게.

'잘'이라는 단어 밑에 달린 설명들이다. 내가 알고 있는 한, 가장 묵직한 말이 아닐까 싶을 정도로 한 글자 속에 저 많은 뜻이 빼곡하게 쌓여 있었다. 빈틈없이 채워진 주머니 같았다. 어쩌면 어느 순간부터 어깨 위에 짊어졌던 건 '잘'이라는 한 글자가 아니었을까. 하루하루의 걸음들이 그토록 무거웠던 건 잘살아야 한다는 책임의 무게 때문이었고, 맨 앞에 떡하니 버티고 서 있는 '잘'이 크게 한몫하고 있었을 터였다.

펜을 들어 '잘살아야 한다.'라고 적고 손바닥으로 슬쩍 〈잘〉이라는 글자를 가렸다. 마음이 한결 가벼워졌다. '살아야 한다.'만 남은 종이를 바라보며, 이미 주어진 삶을 문제 없이 살아내고 있는데 이만하면 충분하지 않나 생각했다. 만점은 아니지만, 낙제는 더더욱 아니어서 즐기며 살 만한 인생이기에.

'잘 행복하자'라는 말이 어색한 이유는, '행복'은 '잘'의 문제 따위가 아니기 때문일 것이다. 어쩌면 우리는 행복하게 살아감에 '잘'이라는 말이 꼭 필요하지 않을지도 모른다.

맛이 있다

맛이 있다. 푸른 바다와 파란 하늘이 만난 중간 즈음 옆으로 기다란 선을 긋고 눈높이를 맞춰 바라보는 맛이 있다. 묵직한 향을 가진 커피 한잔 앞에 두고 멍하니 머리를 비우는 맛이 있다. 사랑하는 사람의 손을 잡고 눈을 마주하며 빙그레 웃는 맛이 있다. 운전대를 잡고 무작정 모르는 곳을 찾아가는 맛이 있다. 땀 흘리며 산길을 걷는 맛이 있다. 처음 보는 사람들을 만나 이야기를 나누는 맛이 있다. 비가 오면 오는 대로, 또 눈이 내리면 내리는 대로, 흐린 대로, 맑은 대로 모두 저마다의 맛이 있다.

모든 것에는 본연의 맛이 있다. 누구든지, 언제 어디에서 무엇을 하든지, 품고 있는 입맛대로 살아진다. 샤워를 하고 거울 앞에 서서 오늘은 꽤 달콤쌉싸름했어, 라고 혼잣말을 했다. 그리고는 하루를 살아도 맛없게 지내지는 말자 다짐했다. 맛없는 인생이란 온종일 무표정으로 흰 종이를 질겅질겅 씹고 있는 느낌일 것만 같다. 생각만으로도 지루하고 힘겹다. 삶에 맛이 없으면 행복도 만족도 즐거움도 없을 것 같다. 순간순간, 제 것 그대로의 맛을 온전히 느끼며 사는 일이야말로 살맛나는 오늘을 살아낼 수 있는 유일한 방법 아닐까.

살맛. 그래, 누가 뭐라 해도 살맛이 나야 한다. (마법의 MSG를 뿌려서도.) 그 맛에 취해 살면 그만 아니겠나. 오늘은 내가 요리사다.

사진이란

가끔, 길을 걷다가 만난 풍경을, 혹은 아주 당연한 일상 속 어떤 모습을, 한참 넋을 잃고 멍하니 바라보곤 한다. 지난 주말, 바닷가를 거닐다가 친구에게 급히 카메라를 빌렸다. 노을빛이 참 붉었다. 하늘은 파랗게 물들어 갔고, 바다는 그 무엇보다 장엄하고 묵직했다. 그리고 고요함은 어두운 그림자마저 참 사랑스럽게 만들었다.

시간이 지나 사진을 보고 있노라니, 이야기가 들린다. 어찌 보면, 사진은 찍는 게 아니라, 담는다는 표현이 더 어울릴지 모르겠다. 내가 살고 있는 지금을 담는 일. 미래로부터 다가온 지금을, 과거로 보내기 전에, 나에게 담는 이야기. 너와 내가 번갈아가며 등장하는 이야기. 너와 내가 없어도 전혀 이상하지 않은 이야기. 사진 속 '지금'이 들려주는 이야기는 곧 우리네 삶이다.

사진을 찍는 그 순간만큼, 지금에 충실한 때가 또 있을까. 뷰파인더에 눈을 대고, 떨리는 손끝이 셔터를 누르는 그 설레는 마음으로. 지낼 수 있다면 참 좋겠다.

겸손

"그 누구도 나보다 더 나은 것은 아니다."라고 썼다. 눈으로 읽었다. 입으로도 읽었다. 힘이 잔뜩 들어간, 어딘가 모르게 마음이 불편한 문장이었다. 펜을 들고 한 문장을 더 붙였다. "그 누구도 나보다 더 나은 것은 아니다. 하지만 나 또한 그 누구보다 나은 것은 아니다." 길게 연결된 글자들을 다시 찬찬히 읽어보았다. 한결 마음이 놓였다. 자만에서 겸양으로, 너에게서 다시 나에게로 시선을 돌렸다.

우리는 누구와 비교해 더 좋아 보이는 삶을 살기 위해 존재하는 건 아니다. 끝없는 경쟁을 목적으로 인생을 사는 일은 더더욱 즐겁지 않다. 스스로에게 허락된 유일한 비교 대상은 과거의 나, 오늘의 내가 아닐까.

금지 금지

지하철 문 앞에 섰다. 열차가 멈추고 주변 사람들의 움직임이 나를 앞으로 밀어붙일 때까지 눈앞에 붙어 있는 스티커를 바라보았다. 기대지 마세요. 손대지 마세요. 오늘따라 스티커의 빨간색이 왜 이렇게 더 적나라하게 보이던지. 기분 탓이었을까. 집에 갈 때까지 그 빨간색의 사선이 너무 마음에 남아 괜히 주변을 서성거렸다. 그럴수록 더 큰 빨간 사선이 나를 찾아왔다. 시선을 돌리는 여기저기마다 하지 말아야 할 것들로 가득했다. 주차 금지, 출입 금지, 소음 금지, 촬영 금지, 흡연 금지, 부착물 금지, 뛰거나 밀지 맙시다, 휴지는 변기에 버리지 마세요, 쓰레기를 버리지 마세요, 복면을 쓰지 마세요, 불량식품을 먹지 마세요, 등등. 결국 고개를 숙여 땅만 보고 걸었다.

문득 고등학교 시절, 학급 게시판에 붙어 있었던 상점·벌점 기준이 떠올라 피식 웃음을 지었다. 네모 칸을 빼곡히 채운 벌점 기준과 그와 반대로 몇 가지 없었던 상점 기준들. "한번 해 봐." 보다는 "이렇게 하지 말고, 저렇게 해야만 해."라며 하나뿐인 정답만을 배웠던 수많은 시간. 우리는 언젠가부터 "하지 마라."의 세상에 너무 익숙해진 것은 아닐까. 해야 할 일들을 해내는 방법을 잃게 되었는지도 모른다. 금지는 또 다른 금지가 되어 나를 붙잡고 있었다.

좌절과 포기마저 금지하는 세상. 금지를 넘어 포기가 익숙해진 세상. 움직이지 말고 가만히 있으라는 세상에서 우리는 무엇을 해야 하는가. 움직여야 한다. 행동해야 한다. 서로에게 "맘껏 해 봐."라고 말할 수 있어야 한다. 지금, 금지를 금지해야 한다.

꽃

오랜만에 꽃집에 들렀다. 문밖의 찬바람이 무색할 정도로 따뜻함이 가득했다. 겉옷을 벗어 손에 들고는 부끄러운 얼굴로 꽃들을 마주했다. 알록달록. 그리고 새초롬하게 저마다의 색깔과 향기를 붙들고 있었다. 마치 벌써 봄이 내 눈앞에 온 것처럼. 그 거부할 수 없는 평온함이 나를 감쌌다. 예쁜 것 몇 개 주세요. 조용히 부탁을 하고는 가만히 서서 기다렸다. 오늘은 이름 모를 무슨 꽃인가가 색이 좋다며 주인이 이야기했고, 그 꽃과 바로 옆에 있던 친구들을 꺼내 책상에 올려 두었다. 이리저리 꽃들을 어루만지는 손에서 눈을 뗄 수가 없었다. 그저 멍하니 한참을 바라보면서 마음속으로 말했다. 분명 저 손에서는 꽃향기가 날 거야. 꽃을 파는 사람에게서는 언제나 꽃향기가 함께하겠지.

다시 문을 열고 나와, 쌀쌀한 바람을 맞으며 생각했다. 우리는 모두 향기 나는 사람이다. 저마다의 향기를 갖고 살아간다. 어쩌면 그것은 삶과 인격에서 우러나오는 자연스러움일지도 모르겠다. 나의 좋은 향기가 너에게로 가닿아 슬며시 스며들면 좋겠다. 너의 아름다운 향기를 내가 오롯이 느낄 수 있음에 감사함을 느낀다. 좋은 향기로 가득 채워진 평온한 꽃집처럼. 나와 너의 향이 자연스레 어우러진 세상이 되길 바라며. 스스로에게 묻는다. 나는 어떤 향기를 내는 사람일까.

쉽지 않다

많은 사람을 만나, 많은 이야기를 듣고 있다. 저마다의 꿈과 삶, 고민을 품고 살고 있었다. 소주잔을 기울이며 혹은 짙은 커피 향을 사이에 두고 대화를 나눴다. 이야기들이 발밑에 차곡차곡 쌓였다. 시간이란 녀석은 쥐도 새도 모르게 지나갔다. 문득 지난 한 주 동안 내가 뱉어낸 말들을 가만히 떠올려 보았다. 기억나는 문구들과 장면들이 머리를 스쳐 지나가면서 결국 탁한 한숨을 내뱉었다. 내가 그랬었지. "쉽지 않아."라는 말을 제일 많이 했었고, 그다음이 '그럼에도 불구하고'였다. 쉽지 않지만 그럼에도 불구하고 힘을 내서 주어진 현실을 살아내야 한다는 말을 하고 싶었던 것일까. 아니면 힘든 일상을 가까스로 짊어지고 있는 우리 모두에게 주는 응원이었을까. 어쩌면 그건 내가 나에게 하고 싶었던 말일지도 모르겠다. 서로가 서로에게 전해주었던 수많은 이야기가 오늘도 내 주변을 맴돈다.

웃겨 정말

"너무 추워!"란 말을 지금 내 나이의 다섯 배쯤 되는 수만큼 뱉어 놓고 나니 하루가 끝났다. 오늘 하루, 내 삶을 가득 채운 단어가 고작 네 글자라는 사실이 참 재밌었다. 그만큼 세상 모든 존재가 추위에 덜덜 떨고 있었으니까. 그리고 문득 걱정됐다. '추워'로 채워진 오늘이, '더워'로 채워질 내일이, '힘들어'와 '죽겠어'로 채워졌던 가깝고도 먼 과거의 기억들이 생각났기 때문이다. 아마 이런 단어들을 말했을 법한 상황과 그 횟수를 헤아리면서, 그걸 모두 합치면 지금 내 나이의 몇십 배쯤이나 될까 가늠하다 말았다. 괜히 불평 섞인 짧은 단어들로만 채워진 사람이 될까 봐 덜컥 겁이 나기도 했다.

내일부턴 일부러라도 길게 또 길게 말해야겠다. (속으로)
"너무 추운데, 그래도 따뜻한 커피가 손닿을 거리에 있으니 이 정도면 괜찮네."라든지, "무진장 힘든데, 그래도 언제든 사랑하는 사람 얼굴 떠올릴 수 있고, 가방엔 어디든 걸터앉아 읽을 책이 들어 있으니 그나마 외롭지는 않네. 좋다."라든지. 뭐 이런 정도 길이의, 불평을 애써 가릴 수 있는 괜찮은 말들 말이다.

내일은 왠지 입 밖으로 한 마디도 내지 않을 것만 같다. 생각만 해도 웃기다. 웃겨 정말,

옳음

친구는 떠남을 주저하는 다른 친구에게 "그냥 네가 옳다고 생각하는 일을 해."라고 말한다. 그리고 그는 "뭐가 옳은 건지 모르겠어."라 대답하지만, 거짓말이었다. 이미 해야 할 일이 무엇인지 너무나도 정확하게 알고 있으면서 하는 뻔한 거짓말.

세상엔 수만 가지 옳음이 있을 것이다. 또 우리는 이미 알고 있다. 어디로 가야 하는지, 어떻게 해야 하는지. 묵묵히 길을 걸으며 나의 옳음이 너에게 가닿아 생채기를 내지 않도록 나와 너의 옳음을 보살피며 살자 다짐했다. 동트는 새벽의 차가움을 깊이 들이마신다. 팔을 벌려 달려오는 볕을 온몸으로 받는다. 한없이, 청량한 아침이다. 좋다. 옳다.

걱정 반 기대 반

퇴근 시간이 한참 지난 지하철. 구석진 자리에 가서 등을 기댔다. 눈을 감았다. 머릿속엔 김광석의 노래 〈서른 즈음에〉가 막 시작되려던 참이었다. "또 하루 멀어져 간다. 내뿜은 담배 연기처럼 작기만 한 내 기억 속에 무얼 채워 살고 있는지." 슬쩍 눈을 떴다. 무엇을 채우며 살고 있을까. 스스로에게 질문하고는 다시 눈을 감았다. 노래는 머릿속을 빙빙 맴돈다.

"점점 더 멀어져 간다. 머물러 있는 청춘인 줄 알았는데, 비어가는 내 가슴속엔 더 아무것도 찾을 수 없네." 다시 눈을 떴다. 허망한 시선을 둘 곳을 찾았지만 마땅치 않아 괜히 손을 만지작거렸다. 아무것도 찾을 수 없다는 생각이 나를 조금은 두렵게 했다. 이렇게 열심히 사는데 아무것도 없다니. 한동안은 눈을 뜨지 않기로 다짐하면서 다시 눈을 질끈 감았다.

"조금씩 잊혀져 간다. 머물러 있는 사랑인 줄 알았는데. 또 하루 멀어져 간다. 매일 이별하며 살고 있구나." 눈을 감은 채로 생각했다. 오늘이 간다. 매일 오늘과 이별한다. 멀어져 가는 오늘을 바라보는 내 모습을 상상하며, 새롭게 다가올 오늘을 어찌 맞이해야 하는지 물었다.

걱정 반 기대 반. 내일을 준비하는 나는 늘 걱정 반 기대 반이었다. 비율로 보자면 걱정이 49, 기대가 51. 그 작은 차이가 스스로를 움직이게 하는 원동력이 아닐까 싶었다. 어찌 걱정 없이 살 수 있나. 또 기대하지 않고 어떻게 재미를 찾을 수 있을까. 걱정과 기대는 언제나 함께한다. 어느 쪽이 더 많고 적으냐 균형의 문제다.

마감

머리가 띵한 오후. 입으로는 찢어지게 하품을 하고 몸은 늘어지게 기지개를 켜면서 바람을 쐬러 나갔다. 시선은 허공에 두고 숨으로 온도를 쟀다. 날이 제법 풀렸군, 생각했다. 고개를 좌로 두 번, 우로 세 번 정도 돌리고 괜히 허리로 한 바퀴 쓱 원을 그려보고 들어오는 길. 무심코 고개를 들어 높은 천장을 봤다. 한 치의 흐트러짐 없이 정돈된 타일들. 군더더기 없이 깔끔했다. 누가 했는지 마감 참 잘했네.

마감이라. 이유는 모르겠으나 왠지 새롭게 느껴졌다. 마감. 사전을 찾아보니 '하던 일을 마물러서 끝냄'이라 한다. 마물러서 끝냄. 마무른다는 말이 참 예쁘게 느껴졌다. 물건의 가장자리를 꾸미면서 일을 끝맺음. 보기 좋은 떡이 먹기도 좋다고 하지 않던가. 그냥 딱 그만큼만 생각하고, 무심코 하루를 흘려보냈다.
늦은 밤, 맥주 한 캔 손에 들고 책상 앞에 앉아 아직 정리가 못 되어 빙빙 돌고 있는 마음을 다잡았다. 이게 다 그 천장의 정갈한 마감 때문이다.

사람은 짧게는 오늘 하루를, 길게는 인생 전체를 마감해야만 한다. 막연하게 두려워할 것이 아니라, 끝맺음이 반드시 존재해야 한다면 나는 지금부터라도 '마물러서'라는 부분에 더 집중해야겠다고 생각했다. 좋은 마무름이란 내가 마음먹기에 따라 충분히 할 수 있는 부분이니까.

여유

맞춰 둔 알람보다 한 시간쯤 먼저 눈이 떠졌다. 핸드폰 위의 숫자를 확인하고는 다시 잠을 청하려 해도 도무지 졸리지 않은 말똥말똥한 상태. 오늘 아침이 딱 그랬다. 누운 상태로 기지개를 한 번 켜고 반쯤 일어나 몸을 이리저리 돌렸다. 그래, 또 새 아침이구나. 왠지 알람시계의 할 일을 내가 빼앗은 것만 같아 내심 미안했지만, 갑자기 선물 받은 이 여유가 내심 맘에 들었다. 좁은 방 안에서 조금 더 천천히 움직였고, 조금 더 찬찬히 새 하루를 준비했다. 노트북을 켜고 잔잔한 노래를 들었다. 인터넷 기사를 흘려 보다가 귤을 까 먹었다. 시원한 물 한 모금 입에 머금고 샤워를 했다. 늘 같은 속도로 흘러가는 시간일 텐데 오늘 아침은 유난히 느긋했다.

여유란 찬찬함과 천천함 사이의 그 어떤 것이 아닐까나. 사람이 사람다워지는 것. 내가 나다워지는 시간. 이미 모두 갖고 있지만 알지 못하는 것. 쓰지 못하는 것. 옷장 속 겨울 코트 주머니에 구겨진 채로 나를 기다리고 있는 천 원짜리 지폐처럼, 여유는 이미 내 옆에 있으면서 애타게 나를 바라보고 있는지도 모르겠다. 언젠가는 나에게 기쁨과 위로가 되기 위해.

바쁘게 움직이는 세상 속에서 한 발짝 뒤로 물러나 주변을 새롭게 바라보는 일. 종종 계획되지 않는 아침의 한 시간을 나에게 선물하는 일. 지하철 플랫폼에 앉아 열차를 한 대 그냥 보내보는 일. 잠깐 걸음을 멈추고 파란 하늘을 올려 보는 일. 카페에 앉아 커피 향을 보고 듣는 일. 지하철에서 책 한쪽을 내리읽어내는 일. 밝은 얼굴로 모두에게 안녕하세요, 인사하는 일. 오랜만에 친구에게 전화로 안부를 묻는 일. 거울 속 내 모습을 보고 미소 짓는 일. 하루 한 문장 흰 종이에 내 생각을 채우는 일. 복잡함을 단순함으로 풀어내는 일. 아름다움을 위해 기꺼이 버리는 일. 여유는 사치가 아니다.

청소

한 해의 마지막 일요일. 쌀쌀함에 눈을 떴다. 따뜻한 구석을 찾아 이불 속에서 몸을 이리저리 뒤척이며 생각했다. '오늘은 꼭 청소해야지.' 바쁘단 핑계로 정리를 며칠 미뤄둔 탓도 있고, 다가오는 새해 첫 주말을 이 상태로 맞이할 수 없다는 결연한 의지 덕분이기도 했다. 집에 등을 붙이고 있는 시간보다 밖에 있는 시간이 더 많다 보니 하루하루 방이 점점 더 좁아지는 느낌이었다. 마치 정돈되지 않은 채 갈피를 못 잡고 헤매는 내 마음처럼 말이다. 그래서 더더욱 집을 치워야겠다고 다짐했는지도 모르겠다. 묵은 때를 벗겨내면 새로운 좋은 일들이 일어나지 않을까 내심 기대하는 마음으로 화장실 바닥부터 박박 문질렀다. 설거지를 끝내고는 빨래도 오랜만에 탈탈 털어 널었다. 배터리가 없었던 청소기를 충전이 되자마자 손에 들었다. 무릎을 꿇고 정성스레 바닥을 닦았다. 쓰레기를 모아 봉투 하나 꽉 채워 버렸다. 책상과 책장을 정리했다. 아무 데나 벗어 던져둔 옷을 잘 걸어두고, 창문 밖으로 이불을 털었다.

정리가 조금 덜 끝난 방을 가만히 바라보면서 지난 한 해를 돌아봤다. 이런저런 장면들이 주마등처럼 스쳐 지나갔다. 참 많이 바쁘기도 했다. 그만큼 힘든 일도, 즐거운 일도 많았다. 평생을 간직할 추억들이 생긴 반면, 몇 가지 후회도 고스란히 남았다. 기대와 아쉬움이 교차했다. 그리고 앞으로의 인생을 스스로 감당해내야 한다는 생각이 새삼 무겁게 다가왔다. '잘할 수 있을까?'하는 질문과 함께 왠지 모를 부담감이 어깨를 눌렀다. 삶과 책임의 의미에 대해 다시 고민하게 되었다.

우리는 감당해 낼 수 있는 만큼의 인생을 산다. 그동안 그래 왔고, 앞으로도 분명 그럴 것이라 생각했다. 잃었던 자신감을 조금 되찾았다. 방 청소는 대충 끝났으니, 당분간은 몸과 마음 청소에 집중해야겠다.

벽이 말을 걸었다

오늘은 괜히 벽을 찍고 싶었다. 그런 날이었다. 천천히 담벼락을 따라 걸었다. 맑지도 흐리지도 않은 날씨. 그냥 벽인 줄 알았는데 가만히 서서 보니 그냥 벽이 아니었다. 가을과 겨울 사이의 무언가가 벽에 걸려 있었다. 가까이 얼굴을 들이밀지 않으면 보이지 않는 이름 모를 열매들과 서로를 얼마나 좋아하는지 얽히고설킨 넝쿨도 벽을 끌어안고 있었다. 떨어지는 낙엽이 혹여 외로울까 살포시 붙잡아 두었고 보일락 말락 한 틈 사이로 초록색 풀잎이 불쑥 고개를 내밀어 인사를 했다. 얼마쯤 지났을까. 벽을 느꼈던 누군가의 따뜻한 손자국이 보이는 것 같았다. 팔짱을 끼고 지나갔던 연인들의 사랑이, 처음 이 거리를 찾았을 여행객들의 설렘이, 퇴근길 직장인들의 한숨이, 학생들의 밝은 웃음소리가 벽에 아주 조금은, 보이지 않지만 느낄 수 있을 딱 그만큼 남아있는 듯했다. 돌도, 나무도, 꽃도, 흙도, 틈도, 손자국도, 사랑도, 설렘도, 한숨도, 웃음도, 내 시선과 생각도 모두 하나의 벽이 되었다.

우두커니 서 있는 벽 앞에 우두커니 서서 찍은 사진을 다시 보았다. 벽이 나에게 말을 걸었다. "나처럼 살고 있는가. 튼튼하게 그리고 우직하게 그 자리를 지키고 있는가."라고.

처음으로, 벽 같은 사람이 되고 싶다고 생각했다. 비가 오면 비를 맞고, 눈이 오면 눈을 기꺼이 맞는 사람. 어려운 시간을 묵묵히 견뎌내고 튼튼하게 그 자리를 지키는 사람. 언제나 그 자리에 그 모습 그대로 서 있는 사람. 문득문득 생각날 때면 꼭 만나고 싶은 그런 사람. 그리고 누군가 힘들고 지칠 때 기댈 수 있는 마지막 벽이 내가 되었으면 좋겠다.

의미가 없는 것은 없다

퇴근길, 지하철역을 앞에 두고 택시를 잡았다. (아주 가끔은, 누구의 방해도 받지 않고 편하게 집에 가고 싶을 때가 있는데 오늘이 딱 그랬다) 어둑한 뒷좌석에 깊숙이 몸을 욱여넣고 초점 없는 눈으로 창문 너머 세상을 구경했다. 얼마쯤 흘렀을까, "하는 것도 없는데, 쓸데없이 참 바쁘네요." 한 친구가 나에게 해준 말이 너무도 선명하게 기억나면서 번뜩 정신을 차렸다. 친구에게 꼭 해주고 싶은 말이 있다.

"우리 삶이 그렇게, 쓸데없이 바쁘진 않을 거야. 의미가 없는 것은 없으니까. 지금 이 순간도, 언젠가 나에게 어떤 의미로든 다가올 거야. 오늘은 나에게 어떤 의미일까? 지금 당장 정의 내릴 필요는 없어. 때가 되면, 분명 어떤 형태로든 알게 될 것이기 때문에. 그래서 우리가 지금 할 수 있는 일은 '잘 될 수밖에 없다'는 생각을 가지고, 최선을 다해 지금을 열심히 사는 것일 뿐이지."

살아내다

개인적으로 보조동사 "–내다"에 대해 깊은 애착이 있다. 스스로의 힘으로 끝내 이루어짐을 나타내는 말. 무엇이든 묵묵히 감내하겠다는 결연함이 느껴지기 때문이다. 해내다, 이겨내다, 참아내다, 써내다, 이루어내다 그리고 살아내다. 그중 으뜸은 '살아내다'일 것이다. 삶이라는 명사에 가장 잘 어울리는 동사가 아닐까. 살아가는 것이 아니라 살아내는 것. 진지함과 책임, 노력과 인내, 도전과 의지가 그 속에 있다.

우리는 각자의 인생을 살고 있다. 좋은 싫든 삶은 이미 나에게 주어져 있으며 매일매일 똑같은 속도로 다가온다. 손바닥으로 밀어버릴 수도 없고 붙잡아 뒤로 보낼 방법도 없다. 그렇다면, 주도적으로 그리고 치열하게 삶을 잘 살아내는 게 내가 할 수 있는 유일한 일이 아닌가 싶다. 또 나를 둘러싸고 있는 환경의 한계를 직시하고 목표를 정해 노력하다 보면 삶의 의미를 찾을 수 있지 않을까. 열정이라는 것은 끊임없이 스스로에게 질문하고 대답하는 일이라 생각한다. 의미와 답을 찾는 과정에서 어제보다 더 나은 자신의 모습을 만나고 깊이가 생긴 나름의 철학을 마주하게 된다. 그렇게 찾아신 의미는 지속적인 삶, 지속 가능한 삶의 원동력으로 작용할 것이라 믿는다.

늦잠

늦잠을 자고, 낮잠도 잤다. 졸리지 않아도 일부러 내가 잠을 찾았다. 오늘은 왠지 그런 날이고 싶었다. 아무것도 하지 않고 싶었다. 바로 누워서 천장을 보다가 슬쩍 눈을 감았다. 아무것도 하지 않으려면, 아무것도 하지 않겠다는 생각을 해야 하므로, 결국 아무것도 하지 않는 것이 아니다. 아무것도 생각하지 않고 살 수 있을까. 질문이 대답을, 대답이 또 질문을 데리고 오더니, 결국 아무것도 하지 않고 사는 일이 얼마나 어려운지 새삼 깨닫게 되었다.

몸을 일으켜 나갈 채비를 했다. (마침 반가운 저녁 약속이 있기도 했고, 너무 오래 누워있어 허리도 아팠으므로, 조금 걷고 싶었다) 얼마쯤 걸었을까, 지하철 플랫폼에서 춤추는 청년을 만났다. 오늘 언제부터 여기서 음악을 틀고 있었는지 알 수는 없었지만, 그는 분명 춤을 추고 있었다. 노래가 끝나면 꾸벅 인사를 하고, 박수를 유도했고, 연예인을 준비하고 있다 말했다가, 본인의 힘든 삶을 이야기하며 사는 게 힘들어서 이렇게 춤을 추러 나왔다고 말했다. 신기한 표정으로 그의 모습을 눈에 담는 사람, 웃는 사람, 아무 관심도 주지 않는 사람들이 같은 시간 그곳에 있었고, 진지한 표정으로 지폐 몇 장 건네는 어른도 있었다.

역무원이 내려와 그를 제지하기까지, 지하철이 두 대 지나갈 시간 동안, 그는 내 눈앞에서 춤을 추었다. 아무리 생각해도, 연예인을 준비하고 있다는 말을 도저히 믿을 수는 없게 만드는 그의 춤사위를 기억하면서 생각했다. '무엇이 저 친구를 춤추게 하는가?' 할 수 있는 것이 없어 걸을 수밖에 없었던, 아무것도 아닌 일을 했고, 아무것도 아닌 일을 통해 아무것도 할 수 없는 상태를 벗어날 수 있었던 소설 속 주인공을 떠올렸다. 춤을 추는 것밖에 할 수 있는 일이 없지만, 그것 말고도 필요한 일도 없음을. 그 마음을 아주 조금은 알 것 같았다.

짧지만 긴, 하루를 마무리하며 스스로에게 묻는다. 무엇이 나를 일하게 만드는 걸까, 무엇이 나를 살게 만드는 걸까, 이 질문에 자신 있게 대답하기 전에는, 어쩌면 우리는 아무것도 아닐 수도 있다. 급할 건 없지만 절대 잊어서는 안 된다.

변하지 않는 것

고향 집에 다녀왔다. 달리는 버스 안에서 창문 너머로 스치는 풍경을 한참 동안 넋 놓고 바라보았다. 높고 낮은 언덕들, 그 너머 논과 밭, 나무 한 그루, 꽃 하나, 시골 버스 정류장, 바로 옆의 가로등과 신호등, 터미널 앞 식당 간판들이 찬찬히 흘러 지나갔다. 가깝고도 먼 추억들처럼 눈앞을 채웠다. 한데, 모든 것이 기억조차 가물가물한 오래전 그 모습들을 그대로 간직하고 있었다. 시간이 이만큼이나 흘렀다는 사실을 스스로 의심할 정도였다.

눈으로 마음으로 말을 건넸다. 참 오랜만이다. 너흰 언제나 그대로구나. 그동안 오고 가며 수백 번 우리는 서로를 보고 반가워하고, 또 멀어져 가는 모습을 아련하게 보아왔겠지. 진심으로 고맙다. 지금 여기, 이렇게 그대로 있어 줘서. 가만 보니 그때와 지금, 변한 건 나뿐인가 보구나.

의자에 등을 기대고 붉게 노을져가는 하늘을 바라보면서, 친구들 얼굴이 떠올랐다. 아무리 시간이 지나도 서로 너무 변한 게 없다고 마냥 투덜대고 깔깔거리며 웃던 녀석들. 오래 두고 보고 싶은 사람들을 하나하나 눈을 감고 생각했다. 가족, 친구, 동료, 선배, 후배, 지인들의 행복한 얼굴들과 함께 스르륵 잠이 들었다. 꿈에서 어떤 이야기를 나누었을까. 슬쩍 눈을 뜨니 흰 눈이 소복이 쌓여 있었다.

마음이 참 따뜻했다. 모두 한결같이 나와 함께 있었으면 좋겠다. 나 역시도 지금 모습 그대로 누군가의 곁에 굳건하게 존재했으면 좋겠다. 내가 너에게, 네가 나에게, 서로가 서로에게 이 현실의 난감하고 고통스러운 시간 그물을 풀어줄 수 있는 사람이 되어줄 수 있다면 참 좋겠다.

뛰는 이유

답답함에 무작정 뛰었다. 앞만 보고 달렸다. 숨이 턱까지 차올라도 참고 또 참았다. 심장이 터질 것 같았다. 그렇게 힘껏 달리다 갑자기 멈춰 섰다. 왠지 그러면 무섭게 뒤따라오던 시간과 생각 혹은 책임이 어쩔 수 없이 저만치 앞으로 먼저 가 있지 않을까 싶어서. 그것들이 깜짝 놀라 고개를 돌려 다시 제자리로 돌아올 때까지. 아무것도 하지 않아도 되는 그 찰나의 시간, 아무런 구애도 받지 않는 오롯한 시간, 적막 속에 나란 존재밖에 느낄 수 없는 그 고독의 시간이 너무나 그리워서 이를 악물어 더 빨리 뛰고 멈추기를 반복한다.

단출한 삶을 꿈꾸다

노트에 '덜먹고, 덜 쓰고, 더 덜어내기'라 다짐의 글을 적었다. 언젠가부터, 우리가 너무 많이 갖고 있다는 생각이 들었다. 과분한 소유는 책임 없는 사용을 낳고, 남용은 이기심을 키웠다. 비교와 경쟁은 무의미한 소유를 부추겼으며, 무엇이든 차고 넘치는 사회에서 남을 위한 배려는 말뿐인 것이 되었다. 진짜 중요한 것이 무엇인지 헷갈리기 시작했다.

몇 평 남짓한 내 방에도 덜어낼 것이 참으로 많다. 입을 옷은 없지만, 옷장은 가득 차 있다. 배부르게 먹고도 음식은 버려진다. 읽히지 않는 책도 많다. 우두커니 서서 사용되기를 기다리는 가전제품들과 버려질 날만 기다리는 물건들이 한 공간 안에 있다. 물, 전기는 말할 것도 없다. 언제나 부족함을 느끼지 못한다. 무서운 것은, 이미 이렇게 충분히 차지하고 있으면서도 머릿속에는 더 필요한 것들을 생각하고 있다는 사실이다. 더하는 일만 궁리하지 말고, 버리는 일도 함께 고민해야 한다. 지금부터라도 덜 쓰고, 더 덜어내야 한다. 충분히 그래도 괜찮다.

스스로 인생에서 가장 중요한 가치를 정하고, 그 외의 것들을 하나하나 덜어내다 보면 조금은 호젓하고 가벼운 환경에 내가 바로 설 수 있지 않을까.

03

소박하지만 부족하지 않은 날들

03

일상을 움직이는 힘

아마 3개월 전쯤부터, '일상을 움직이는 힘은 무엇일까?'라는 궁금증을 품고 살았다. 막연한 질문이지만 알고 싶었다. 날마다 반복되는 삶을 살아가는 원동력은 대체 무엇일까 라는 생각을 시작했던 것 같다. 대체 왜, 우리는 일상을 살아내나. 또 무엇이 우리를 살게 하는가. 뭐 이런 따분한 질문들을 던졌다. 이런저런 글을 찾아 읽고 강의가 있으면 직접 가서 들었다. 사람들을 만나 이야기를 주고받을 때나 한가롭게 길을 걸을 때도 눈앞의 세상을 최대한 자세하게 관찰했다. 혹시나 내 주변 일상에서 정답을 찾을 수 있지 않을까 기대했기 때문이다. 물론 지금도 똑같이 고민하며 물음표와 함께 배우고 있는 중이다.

일상을 움직이는 힘은, '남을 위해 사는 것이 아니라 나를 위해 산다는 믿음'으로부터 나오는 것이 아닌가 싶다. 나를 위한다는 굳건한 믿음. 보잘것없는 이기심이 아니라 늘 새로운 재미와 좋은 의미의 기반 위에서 주체적으로 스스로 이야기를 만들어 가고 있다는 믿음. 그리고 최선을 다해 잘살고 있으니 괜찮다는 믿음. 후회는 남기지 않을 거란 믿음. 이런 믿음이 나를, 우리를 힘차게 살아가게 만드는 원동력이 아닐까나. (아님 말고)

채움과 비움

'무얼 채워 살고 있는지.' 억지로 채우기만 했던 삶은 아니었는지. 비우는 것에 소홀한 인생은 아니었는지.

참 무기력한 요즘이었다. 감기 기운이 없는데도 괜히 몸이 으슬으슬했다. 힘을 좀 내보자는 마음의 굳건한 외침마저 말을 들어 먹지 않는 하루하루. 주말에도 억지로 몸을 일으켜 씻고 도망치듯 집을 나왔다. 가만히 방에만 누워 있다가는 몸 안에 버티고 있던 기운마저 이불과 바닥에 모두 흡수되어 버릴 것만 같았기 때문이다. 옷깃을 여미고, 빠른 걸음으로 지하철역을 향해 걸었다. 2호선을 타고, 4호선을 갈아탔다가 9호선, 신분당선, 7호선 플랫폼을 차례로 밟았다. 그렇다고 아무런 목적 없이 돌아다닌 건 아니다. 가야만 했던 곳이 있었고, 사고 싶었던 물건이 있었다. 또 꼭 만나야 했던 사람들도 있었다. 하지만 집에 돌아오는 길의 내 모습은 크게 다르지 않았다. 허무와 의지가 내 양팔을 잡고 서로 당기는 듯했다. 그것도 아주 팽팽해서 중간에 있는 나는 이러지도 저러지도 못하는 상황. 스스로 할 수 있는 그리 일은 많지 않았다.

숨을 고르고, 사람의 인생이란 채우고 또 비우는 일의 끊임없는 반복이겠구나 생각했다. 우리는 빈 종이를 정답으로 채우고, 사람과의 관계를 이야기로 채우고, 노동을 위한 시간을 채우고, 맛있는 음식으로 배를 채우고, 저금통에 돈을 채우고, 지식으로 생각을 채우고, 잡다한 물건들과 생각들로 삶을 빼곡하게 채우고 있었다. 그리고 나는 지금, 허무함과 무기력함 그리고 막연한 부담감을 또 다른 무엇인가로 채우려 하고 있었다. 한 치의 틈도 주지 않고 그렇게 막무가내로 밀어 넣었다. 채우기 위해서는 비움이 먼저였던 것인데 말이다.

무얼 채워 살고 있는지, 꼭 채워야만 하는 것인지 다시 묻는다. 그리고 비워도 괜찮은지 생각해본 후에 하나하나 슬며시 버려봐야겠다. 허무와 의지의 사이에서, 몸도 맘도 조금은 가벼워지지 않을까. 내일부터는, 무엇을 비우며 살고 있는지 묻는 하루하루가 되길.

낯설다

어제는 그런 날이었다. 지하철 유리에 비친 내 얼굴이 너무나 낯설게 느껴지는 그런 날. 빤히 얼굴을 바라보았는데 그동안 알던 내 얼굴과는 조금 달라 보였다. 슬쩍 입꼬리를 올려 미소를 지어보기도 하고 미간을 찌푸려 인상을 써보기도 했다. 그래도 어색함은 가시지 않았다. 내 얼굴을 자세히 마주한 적이 언제였지 생각을 더듬었다. 면도할 때, 양치질할 때, 화장실에서 몇 번 슬쩍 쳐다본 것 같긴 했지만 그때뿐이었다. 마음이 복잡해졌다.

괜히 서 있는 나와 유리에 비친 내가 서로 다른 존재일지도 모른다고 생각했던 것일까. '낯설다'라는 느낌은 의심으로부터 시작되는 것이라는데, '내'가 '나'라고 확신하게 되는 것들에 대한 의심이 들었던 것일까. 왜라는 질문을 내면과 외면을 향해 모두 던졌다. 답을 찾는 과정에서 잘은 모르겠지만 그래도 기분이 썩 나쁘지 않은 것을 보면, 이 낯섦이 나에게 나름 괜찮은 경험이겠구나 생각했다. 지하철을 기다리는 10분 남짓, 낯선 얼굴의 나를 앞에 두고 참 많은 이야기를 나눴다. 내가 나에게 말했다. 나의 시선으로 너를, 너의 시선으로 나를 바라보았다.

내가 알고 있는 것이 내가 알고 있는 것과 다를 수 있다는 생각은 조금 무서울 수도 있지만, 꼭 필요하다. 익숙함은 처음의 낯섦에서 시작되고, 익숙해짐이 없으면 낯설다는 감정도 존재하지 않는 것이니까. 하루가 다르게 급변하는 사회에서 주변을 새롭게 바라보는 일은 과거의 익숙함에 물들어 변화를 생각하지 못하는 나에게 경종을 울려주는 일이다. 스스로에게 말했다. 아무것도 아닌 것이 아무것인 것이라고.

가을비

아침부터 날이 흐리더니 결국 비가 쏟아진다. 퍽퍽하고 건조한 계절에 참으로 반가운 소식이 아닐 수 없다. 비 오는 날엔 파전에 막걸리를 먹어야 한다는 공식을 누가 만들었는지는 모르겠으나, 학습이라는 행위는 정말로 무서운 것이어서 촉촉하게 대지를 적시는 비를 바라보며 동시에 머릿속으로는 지글지글 구워지는 전을 생각한다는 사실이 참 웃기면서도 즐겁다. 여러모로 빗줄기가 고마운 이유다. 요 며칠 다시 여름이 오려나 싶었는데, 이제 진짜 가을이 시작될 것만 같다. (가을을 위해 축배를 들자)

만약 내가 학생이었다면 1교시부터 9교시까지 내리 책상에 엎드려 잘 수 있을 것만 같은 그런 날씨. 1년에 몇 번이나 되려나. 이런 날엔 집 앞 카페 의자에 깊숙이 걸터앉아 투명한 유리 반대편에 맺힌 물방울을 멍하니 바라보고 싶다. 커피를 한 모금 머금고 책을 보다가 졸기도 하고, 늘어지게 하품도 해보고, 두 팔 벌려 기지개도 켜면서, 지나가는 시간을 할 수 있는 데까지 늘리고 늘려서 주머니에 넣어 숨겨 놓고는 아무 데도 가지 못하게 잡아두고 싶다. 그래서 그런지 커튼 친 반지하 자취방같이 어두워진 오후의 시간은 참 더디게 흐른다.

우리 살아가는 일 속에 파도치는 날, 바람 부는 날이 어디 한두 번이랴. 조금은 나른해도 좋은 날. 오늘은 절대 급하지 말자. 집으로 돌아가는 길에 비를 조금 맞아두어야겠다. 머리 위로 노크하듯 똑똑 떨어지는 가을비의 이야기를 기억해야지. "괜찮다. 다 괜찮다."

지금 알고 있는 걸 그때도 알았더라면

지금 알고 있는 걸 그때도 알았더라면 참 좋았겠다. 그럴 수만 있었다면 지금 내 모습이 조금은 달라지지 않았을까. 가만히 의자에 기대어 후회의 순간들과 선택의 기로에서 고민했던 문제들을 하나하나 떠올려 보았다. 그리 많지도 적지도 않았다. 짧은 시간 여행을 끝내고 아마 크게 달라지지는 않았을 것이라 나름의 결론을 내렸다. 과거 그 시절로 돌아간다 하더라도, 혹은 이미 무언가를 알고 있다 하더라도 같은 길을 걸어왔을 것이라는 스스로에 대한 믿음 때문이었다. 그때의 나와 지금의 내가 크게 다르지 않으니까 말이다. (물론 앞으로도 크게 변하지 않는 사람이면 좋겠다는 꿈이 있다.)

지극히 내 개인적인 생각으로, 〈지금 알고 있는 걸 그때도 알았더라면〉의 뒤 문장을 완성해본다. "좋았겠지만, 지금이라도 알았다는 게 더 좋은 일 아닌가." 혹은, "그랬다면 더 신나게 놀고먹고 또 놀았을 텐데. 그리고 지금도.", "별반 다르진 않겠다. 다만 10년 후에 똑같은 이야기를 나에게 던졌을 때 자신 있게 지금 알고 있는 게 먼 미래에도 똑같이 중요했다 말할 수 있으면 좋겠다." 등등. 입꼬리를 올려 피식 웃으며 노트를 빼곡히 채웠다.

문득, 변함없이 나를 존재하게 하는 무언가가 필요하다는 생각을

하게 되었다. 10년 전, 지금, 그리고 10년 후를 관통하며 나를 지탱
해주는 철학을 가지고 있는지 스스로에게 되물었다. 없다 할 수도
없고 있다고 명확하게 답하기 부끄러운 부분이었다. (결국, 그럼 나는
왜 살고 있지? 라는 질문을 하고는 머리를 쥐어 쌌다)

몇 년쯤 지난 후에 지금을 돌아보며 말하고 싶다. "지금 알고 있는
것이 그때와 크게 다르지 않네, 잘살고 있구나."라고.

최선이 최선

어제와 같은 오늘에 만족하는 사람과 어제와 같은 오늘을 견디지 못하는 사람을 만났다. 한 사람은 평안한 현실에 안주하길 바랐으며, 다른 한 사람은 한결같은 일상이 내심 불편해 새로운 변화를 갈망하는 마음을 갖고 있었다. 한 사람은 "나에게 맡겨진 이 정도가 딱 좋아요. 큰 문제 없이 지금처럼 살았으면 좋겠어요."라 말했고, 다른 사람은 "우리 인생 그래프는 올라가거나 내려가거나, 둘 중 하나밖에 없다고 생각해요. 그래서 우린 가만히 있으면 안 되고 계속 새로운 것에 도전해야 합니다."라고 이야기했다.

나는 어느 쪽에 더 비슷할까, 또 어느 쪽의 사람이어야 할까, 고민하다 금세 일주일이 지나갔다. 정답은 없다. 옳고 그름도 없다. 꼭 선택해야 한다는 법도 없다. 고민의 시간이 나에게 깊이를 더해주는 것만으로도 충분하다.

하지만 한 가지 분명한 깨달음을 얻었다. 현실에 안주하건 새로운 변화를 추구하건 간에 첫 번째 전제 조건은 '현재 살아내고 있는 삶에 최선을 다하고 있어야 한다.'는 점이다. 꾸준함을 유지하는 일도 많은 생각과 노력이 필요하며, 새로운 변화 역시 탄탄한 현재를 기반으로 가능하기 때문이다. 최선으로 다져진 굳건한 바탕이 없다면 만족과 변화의 질문은 시작되지 않는다. 변명과 핑계로 채워진 삶에서는 안주를 위한 노력도 핑계가 될 수 있고, 변화하고자 하는 마음도 변명으로 보일 수 있다. 결국, 최선만이 최선이다.

내가 만난 두 사람은 분명 본인들의 삶에 대해서 그 누구보다 자신감을 갖고 있는 멋쟁이들이었다. 스스로 납득할 만한 이유를 가지고, 언제 어디서나 충만하게 존재하고 있을 사람들. 나도 그랬으면 참 좋겠다고 생각하는데 '인간의 목표는 풍부하게 소유하는 것이 아니고 풍성하게 존재하는 것'이라는 법정 스님의 말씀이 떠올랐다. 다짐의 주먹을 불끈 쥐었다.

흔들리는 버스는 삶이다

가끔 몸을 싣는 버스, 그중에서도 맨 뒤 구석 자리는 언제나 좋다. 가만히 창문에 기대고 앉아 버스 안을 내려다본다. 가고자 하는 방향이 같은 사람들이 타고 내린다. 앉았다가 일어난다. 핸드폰을 보며 키득키득 웃는 사람이 있는가 하면, 친구와 신나게 이야기하는 학생들, 무표정으로 창밖을 바라보는 (나와 같은) 아주머니도 있다. 바로 옆엔 나이 지긋한 어르신 한 분이 앉으셨다. 문득 이런 생각을 했다. '버스에 타고 있는 사람들 나이를 모두 합치면 얼마쯤 될까?' 왜 그랬는지는 모르지만, 어느 정도쯤 되지 않을까 하고 말았다. 정답이 중요한 질문이 아니었기 때문에 좋았다.

나이를 먹는 일이 참 대수롭지 않다가도, 큰 파도처럼 마음속 깊게 밀려 들어오는 때가 있는데 오늘이 꼭 그랬다. 모진 세월이 만든 깊은 주름에서 전해지는 이야기부터 패기로 뭉친 푸르른 청춘의 숨소리까지, 모든 세대의 생각과 고민이 한 공간 안에 있었다. 나이에 상관없이 우리 모두 각자의 삶을 견뎌내고 있었던 것이다. 버스 손잡이를 잡고, 함께 멈추기도 하고 흔들리면서 말이다.

시간은 멈출 수 없다. 우리는 삶을 살고 있으며, 여지없이 나이를 먹는다. 시간은 발밑에 차곡차곡 쌓이고, 우리의 삶 자체가 거대한 역사책이 된다. 누군가 내 나이를 대신 먹을 수 없듯이, 나만의 페이지를 다른 사람이 채워줄 수도 없는 노릇이다. 그래서 어제보다 조금 더 나은 오늘을 살아내는 일, 어제보다 조금 더 아름다운 내가 되는 일, 비교 대상이 '남'이 아닌 '얼마 전의 나'가 되는 일, 스스로에게 '왜'라고 질문하고 답을 찾는 일. 여러모로 할 일이 참 많다.

쌩맥주

"쌩-맥주 한 잔 주세요."
내가 맥주를 시킨 것이 아니라, 쌩맥주의 쌍시옷(ㅆ)이 나로 하여금 본인이 시켜지도록 했다. 아마 이 표현이 정확할 것이다. 그냥 생맥주가 아닌 쌩맥주였기 때문에.

왠지 모르게 쌍시옷(ㅆ) 발음이 새롭게 다가왔다. 한국인에게 있어서 욕과 연결되는 대표적인 발음이지만, 무언가 그냥 생맥주보다는 더 시원하고 상쾌할 것만 같은 그런 느낌이었다고나 할까. 아니면 사람이 미치도록 미울 때 우리가 쌍시옷을 등장시켜 욕을 하면서 쓰디쓴 현실을 이겨내는 것처럼, 쌩맥주가 날 대신해 불공평한 세상에 욕이라도 한 바가지 쏟아 부어주는 것 같은 위안을 주었기 때문일까. (어쩌면 맥주를 마시고 싶은데 적당한 이유를 댈 수 없어, 급하게 만들어낸 것일 수도)

맥주는 너무나 시원했다. 그게 쌩맥주였기 때문인지, 삶이 고단했기 때문인지는 잘 모르겠다. 맥주를 음미하며 복잡한 세상의 이치를 깨달을 순 없지만, 좋은 사람과 함께 하는 차디찬 맥주 한 잔이 얼마나 큰 행복인지 우리는 이미 알고 있다.

쌍시옷(ㅆ)을 온몸으로 품고 있는 쌩맥주와 함께, 하루하루 쌓여가는 스트레스를 조금이나마 덜어낼 수 있기를 바란다. 쌩맥주에 쌩라면, 쌈밥과 쏘주 한 잔이 그리운 밤이다.

멈추다

횡단보도 앞 카페, 넓은 창문을 마주 보고 앉았다. 눈부신 가을볕, 짙은 커피 향에 취해 나른해질 대로 나른해진 오후는 언제나 옳다 느끼며 천천히 시선을 옮겼다. (사실, '커피보단 맥주가 좀 더 어울려'라고 생각하며.) 창문 너머, 빨간색 불이 켜진 신호등 앞에 사람들이 서 있다. 모두 한곳을 바라보며 신호를 기다린다. 파란불로 바뀌자 모두 바쁘게 각자의 방향으로 걸음을 옮겨 내 시야에서 사라졌다. 얼마만큼 시간이 지나고 신호등은 다시 빨간색으로 변했다. 시작, 멈춤, 다시 시작, 그리고 다시 멈춤. 신호등 앞에서 우리는 늘 멈춰 서고, 또 걷기를 반복한다. 우리는 삶을 여행하며 나를 멈추게 하는 신호등을 몇 개쯤이나 만나게 될까 생각했다. 백 개? 천 개? 머릿속으로 셀 수 있을 만큼 세어보다가 얼른 포기했다. (지나온 신호등은 모두 파란불로 바뀌었을 것이고, 또 앞으로 만날 신호등은 바뀔 때까지 기다릴 것이므로)

묵묵히 색깔을 바꿔내 사람들을 안내하는 신호등을 보며 살아감의 자세에 대해 배운다. 가만히 보면, 파란색보다는 빨간색 불이 켜져 있는 시간이 서너 배는 길다. 앞으로 향하기 위해서는 멈추어 서서 자기를 돌아보고 준비하는 시간이 더 많이 필요하기 때문이리라. 게다가 언제나 파란불만 켜져 있는 신호등은 없다. 그렇다고 언제나 빨간불만 고집하지도 않는다. 적당한 때가 있음을 알고 준비하며 기다린다. 그래서 멈춤이 필요한 것이다. 지금의 내 모습과 주변 사람들을 볼 수 있는 여유를 가지라는 메시지가 그 속에 있다.

멈춤은 그 자체로 이미 적극적인 행위다. 남들이 모두 뛰고 있다고, 나만 여기 멈춰있는 것 같다고 조급해할 필요는 없다. 우리는 각자의 신호등 앞에 서 있다. 파란불이 켜지면, 힘차게 걸음을 옮기면 될 일이다. 지금 우리가 해야 할 일은 첫발을 신나게 내디딜 수 있도록 충실히 준비하고 연습하는 일뿐.

밥을 가장 맛있게 먹는 방법

"밥을 가장 맛있게 먹는 방법이 뭔지 알아?"

대수롭지 않은 질문인 양, 나는 말했다.

"글쎄, 좋은 사람하고 먹는 거?"

그렇게 대답한 이유는, 문득 어느 영국의 한 신문사에서 '영국 끝에서 끝까지 도달하는 가장 빠른 방법은?'이란 질문에 대한 답을 공모했던 이야기가 생각났기 때문이다. 수많은 정답이 나온 가운데 1등으로 채택된 답은 바로 '친구와 함께 가는 것'이었다. 하지만 친구가 원했던 답은 아니었다.

"아니, 기분 좋을 때 먹는 거야. 기분이 좋을 때는 뭘 먹어도 맛있으니까."

참 너답다 싶으면서도 꽤나 재밌는 생각이라는 생각이 들었다.

"그러게, 항상 기분 좋은 일만 가득했으면 좋겠네. 언제나 뭘 먹어도 맛있을 거 아니야."

나에게 가장 중요한 가치를 하나 꼽으라면, 망설임 없이 '재미'라고 말하곤 하는데, 재미없는 삶을 억지로 살아내는 사람이 무슨 생각을 하며 살 수 있겠나 싶은 마음에서다. 재미없는 세상에서 재미없는 사람으로 살아간다는 건 생각만 해도 진짜 재미없는 일이다.

그럼 재미란 무엇일까? 재미는 곧 즐거움이며, 웃음이고, 삶을 살아가는 원동력이다. 스스로 재미를 느끼는 삶은, 무엇을 해도 즐거울 테니까. (기분 좋을 때 무엇을 먹어도 맛있듯이) 내심 오늘보다 더 재밌는 내일을 꿈꾼다.

그런 사람

집을 그려보라 했을 때
반듯한 벽과 지붕을 그리는 사람이기 보다,
따뜻한 거실의 난로를 그리는 사람이고 싶다.
누군가를 만났을 때
겉모습으로 사람을 읽으려 하기보다,
꿈틀대는 내면의 아름다움을 느끼는 사람이고 싶다.
삶을 살아갈 때
타인의 시선에 사로잡혀 있기보다,
자기 인생에 대한 분명한 태도를 가진 사람이고 싶다.

그런 사람이고 싶다.
천천히, 그러나 느리지 않은 사람.
바르고 곧지만, 날카롭지 않은 사람.
뜨겁고 열정적인, 하지만 언제나 여유를 잊지 않는 사람.
때로는 산 같은,
때로는 바다 같은,
그런 사람이고 싶다.

따뜻함

바람이 차다. 이런 날엔 길가의 포장마차를 그냥 지나칠 수 없다. 안녕하세요. 꾸벅 인사를 하고 들어가 손을 비비며 주변을 한번 쓱 훑는다. 모락모락 피어오르는 김 사이로 제일 잘 익어 보이는 따뜻한 어묵을 손에 들어야 한다. 간장을 살살 뿌리고 한 입 크게 베어 문다. 따뜻하고 촉촉하고 짭조름한 그 맛이란. 먹어본 사람만 안다. 종이컵에 국물을 슬쩍 퍼 담아 호호 불어가며 마신다. 몸이 녹는다. 마음도 같이 스르르 녹는다. 사람들은 팔짱을 끼고 잔뜩 움츠린 채 종종걸음으로 포장마차에 들어온다. 그리고 세상 그 무엇보다 소중한 온기를 선물 받는다. 세상이 마냥 추운 것만은 아니라고 말하는 듯하다. 아직은 살만한 세상이라고. 따뜻한 마음씨를 가진 좋은 사람들이 많이 있다고. 괜한 걱정 붙들어 매고 조금만 더 힘내자고. 비로소 우리는 웃는다. 따스함 속에 위안이 있다. 온기는 곧 삶이다. 선물 받은 따뜻함이 금세 사라질까 꼭꼭 품으며 집에 왔다.

한강

일주일이 뭐라고, 이번 주는 참 길고도 멀었다. 오래간만에 정신이 번쩍 들도록 쓴소리도 들었고, 좋은 사람들과 함께 신나게 웃으며 우리 미래를 이야기했으며, 때론 거하게 술 한잔 걸치며 사회와 청년, 꿈에 대해 논하면서도 지금 내가 당장 할 수 있는 일이 하나도 없음에 크게 실망하기도 했다. 하고 싶은 일과, 해야 하는 일 사이에서 고민하면서, 둘 중 아무것에도 집중하지 못하는 부끄러운 내 모습을 반성하기도 했다.

모처럼 한강에 다녀왔다. 강변을 따라 느리게 걸었다. 한적한 벤치에 앉아 천천히 시선을 옮긴다. 파란 하늘, 초록 잔디, 느긋한 강물, 도시락 먹는 연인, 돗자리 위의 친구들, 나들이 나온 가족들, 보드 타는 쌍둥이, 캐치볼 하는 남자들, 자전거 타는 형제, 롤러스케이트를 타고 넘어졌다 일어나는 아이, 사진 찍는 작가와 스태프, 산책 나온 강아지, 처음 본 강아지가 신기한 꼬마, 다리 위를 달리는 자동차들, 날아가는 비눗방울, 유모차 끌고 가는 외국인 가족, 바쁜 치킨 배달원 아저씨, 그리고 내가 사온 캔맥주, 노래하는 아이패드, 그리고 수많은 기타 등등.

그렇게 내 눈 앞에 펼쳐진 세상 구석구석을 보고 있노라니, 파란 하늘 위 '행복', 초록 잔디 속 '여유', 책과 함께하는 '사색', 서로 바라보는 연인들 눈 속의 '사랑', 가족들이 나누는 대화 간의 '웃음', 카메라 셔터음의 '상쾌함', 주고받는 캐치볼의 '재미', 자전거 바퀴와 함께 도는 '건강', 길을 양보하는 '배려', 치킨 배달 아저씨 얼굴의 '만족', 내 아이패드에서 흐르는 '노래 선율', 그리고 몸과 마음을 충만하게 채워주는 모든 것들.

조금만 찬찬히 둘러보면, 모든 것은 우리 주변에 이미 그렇게 존재하고 있었다. 유심히 살피지 않으면 보이지 않는다. 생각하지 않으면 알지 못한다.

성공ing

'성공이 무엇이라 생각해?' 오늘 아침 이불 위에서 기지개를 켜는 나에게 홀연히 다가온 질문이다. 성공? 이 볕 좋은 봄날에 너무하다 생각하면서도, 내심 재밌겠다 싶어 이리저리 머리를 굴려보았다. 성공. 짐짓 무거운 무게로 언제나 우리 어깨를 누르고 있는 무엇. 누군가에게는 인생을 걸고 해내야만 할 목표. 혹은 지금 겪고 있는 모든 고통과 어려움을 견뎌야 하는 이유를 가장 짧게, 그리고 명확하게 설명해주는 단어. 관련된 많은 생각이 그리 가볍지 않게 느껴졌다. 그냥, 왠지 모르게 답답했다. 성공이란 녀석을 새롭게 쓰고 싶어졌다.

어느 순간부터, 성공을 수치화할 수 있는 것으로 정의하고 있었다. 왜 그랬을까. 점수가 몇 점인지, 연봉이 얼마인지, 몇 평의 집에 사는지, 심지어 결혼식에 올 친구가 몇 명인지까지. 그리고는 서로 비교하며 평가하고는 어느 누군가를 성공이라 불렀다. 그렇다면 3,300원짜리 아메리카노와 5,500원짜리 카페모카를 두고 어떤 것이 더 가치 있는 것인지 경중을 헤아릴 수 있는 걸까 생각했다. 아니다. 분명 좋아하고 즐기는 사람의 취향 나름이고, 원래 정답이란 없는 문제다.

성공은 무언가를 이루는 행동이고, 행동은 본인 의지의 적극적인 표현이다. 아메리카노와 카페모카가 원래 다른 종류의 커피이며, 즐기는 사람이 같지 않은 것처럼, 나의 성공과 너의 성공은 본래 다른 영역의 문제이다. 나만의 방식과 목표, 유일한 향기를 지닌 이야기가 나의 성공 속에 있을 뿐이다. 그렇게 수십억 가지의 행동들이 얽히고설켜 지금을 더불어 살고 있다. 각자의 생각으로 모두가 성공하는 세상. 그런 면에서 우리는 모두, 성공하고 있는 중일 것이다. 성공-ing. 조급하지 말자. 착착 진행 중인 별의별 성공들이 보인다.

여섯 명의 사람

여섯 개의 테이블에 여섯 사람이 앉았다. 각각 다른 여섯 개의 메뉴와 여섯 개의 숟가락과 열두 개의 젓가락이 가지런하게 놓여 있었다. 서로 다른 여섯 개의 시선이 TV를 향했다가 밥그릇으로 옮겼다가 반찬으로 핸드폰으로 그리고 다시 TV로 돌아왔다. 동그란 레일 위를 빙빙 도는 장난감 기차처럼 한 치의 오차도 없이 모두가 그렇게 움직였다. 여섯 개의 외로움이, 여섯 빛깔의 인생이 함께 있었다. 서로가 서로에게 아무 말도 하지 않았지만(못했지만), 그 침묵이 마냥 조용하지만은 않았다. 묵묵히 앞사람에게 고생했다 이야기하는 듯했다. 오늘 하루를 또 살아내느라 수고 많았다고. 여섯 개의 컵에 물이 채워지고, 여섯 장의 휴지가 뽑혔으며, 여섯 개의 지갑에서 돈이 꺼내어졌다. 주머니에 손을 넣고 종종걸음을 걸었다. 서로 알지 못하지만 그리 멀리 떨어져 있지는 않을 여섯 개의 집으로 향했을 사람들. 여섯 개의 밤이, 여섯 개의 새벽이, 여섯 개의 내일이 다가오고 있을 것이다. 그리고 먼 훗날, 여섯 개의 꿈들이 아름답게 이루어지는 모습을 상상했다.

괜히, 오랜 친구 녀석 얼굴이 떠올라 핸드폰을 꺼냈다. 핸드폰 속 새겨진 이름을 한 번 읽어보고 메시지를 보냈다. 잘사느냐. 그럭저럭 잘산다는 대답을 받고는 별로 할 말이 없었다. 추운데 건강해

라. 나도 덕분에 잘 지낸다. 짧은 답장을 보냈다. 주고받았다고 말하기도 너무나 짧은 두 문장을 읽으며 생각했다. 아무 이유 없이 오랜만에 연락하기, 세상에서 가장 힘든 일 중 하나. 하지만 그래서 우리는 살 수 있는 것일 지도 모른다. 서로의 외로움을 격려하며.

진지한가

새 아침이 밝았다. 잠이 덜 깬 얼굴에 연거푸 찬물을 비볐다. 눈을 반쯤 뜨고 거울을 바라보았다. 익숙하지만 아주 가끔은 어색하기도 한, 거울 속의 내가 나에게 넌지시 물었다. 눈을 아주 똑바로 마주친 채로 그리고 입가엔 알 수 없는 야릇한 미소를 띤 채로 말이다.

"너는 진지하니?" 내심 당황했다. 진지? 지금 진지하냐고 물은 거야? 수건으로 얼굴의 물기를 닦는 척하며 눈을 피했다. 그동안 나는 언제 어디에서 무엇에 얼마만큼이나 진지했던가. 어딘가에 비친 내 얼굴을 마주하는 것만큼이나 진지함이란 단어가 너무나 낯설게만 느껴졌다. 굳은 얼굴, 꾹 다문 입, 집중하는 눈, 깊은 한숨과 상념, 끝없는 몰입, 진심, 신중함, 진중함과 같은 말들이 연달아 떠올랐다. 그리 가벼운 단어는 아니다, 하지만 그렇다고 일부러 피할 만큼 무거운 단어 또한 아니라는 생각을 했다. 펜을 들어 '강요할 수도 없고 강요해서도 안 되지만 때때로 피할 수 없는 절대적인 존재로 우리의 삶 속에서 만나야만 하는 그 무엇'이라 알 듯 모를 듯 정의를 내려 버렸다. 물론 내 맘대로.

어쩌면 "진지한가?"라는 물음은,
오늘을 얼마나 온전하게 살고 있는가.
지금을 어떻게 대하고 있는가.
순간에 얼마나 충실하게 지내는가.
진심을 다해 나다움을 찾고 있는가.
나를 믿고 나답게 살아가고 있는가.

이러한 질문들과 맥을 같이하고 있는지 모르겠다. 어슴푸레한 저
녁 하늘을 등지고 집에 돌아와 다시 거울 앞에 섰다. 굳이 대답을
하진 않았다. 질문만 가만히 남아 공허한 공간을 채웠다. 지금, 무
엇을 위해 진지하게 살고 있는가. 나도 웃고, 또 다른 나도 웃었다.

흑과 백, 삶과 죽음

검은색 정장에 검은색 넥타이를 매는 일은 언제나 참 어렵다. 온통 흰색과 검은색뿐이다. 어쩌면 이 둘은 원래 같은 색일지도 모른다. 흰색에 다른 색들이 엉키고 섞이면 결국 검은색이 되니까. 삶과 죽음도 비슷하지 않겠나. 살아간다는 것은 곧 죽어간다는 것. 극명하게 대비되지만 결국은 하나인 것. 나는 지금 무슨 색깔에 가까울까. 나는 지금 어디쯤 서 있는가. 검은색 정장에 검은색 넥타이를 매는 날은 하루가 참 길다. 검은 옷을 벗어 던지고 헛헛함에 취해 쓰러졌다. 유난히 달이 밝은 날 밤. 차가운 맥주가 유독 쓰다.

벋: (벚. 벗, but.)

아래위 입술 뒤로 한 움큼 바람을 머금었다가 터트려 놓고 수줍게 막아내는 소리.

벚. 눈앞에 벚꽃이 쏟아진다. 봄이다. 언제 또 올지 모르는 하얀 봄. 따뜻하다. 어쩌면 봄과 벚꽃은 같은 말일지도 모른다. 지금을 놓치지 말고 힘차게 즐기라 한다.

벗. 옆에 있는 친구의 손을 잡는다. 눈을 마주 보고 방긋 웃어본다. 든든하다. 함께 걷는다. 언제 어디서나 너를 응원한다. 더불어 살자. 단 두 마디 대화로 충분하다.

but. 그러나 항상 질문을 품고 살라 한다. 현실에 안주하지 말고 주눅 들지 말고 충분히 고민하며 스스로의 인생을 살아내라 말한다. 외로움과 고독함 속, 그럼에도 불구하고 기꺼이 견뎌야 할 이유를 찾으라 한다.

내 입술을 떠난 따뜻한 공기들이, 하루를 가득 채웠다

내일 걱정은 내일 걱정

스치는 바람결에 습기가 가득하다. 나쁘지 않은 꿉꿉함이다. 시원
하다. 주머니에 손을 푹 찔러 넣고 금요일 밤거리를 걷는다. 환하게
불 켜진 술집 어디쯤에서 사람들의 웃음소리가 들려온다. 시끌시
끌한 이야기가 공중으로 흩어진다. 마치 비가 오는 것처럼 그렇게
하늘을 채운다. 괜히 숨을 깊게 들이마시며 생각한다. 그래, 내일
은 비가 온댔어. 꽤나 요란할 거라 했어. 물에 흠뻑 젖은 세상을 머
릿속에 그린다. 촉촉함과 시원함으로 채워진 하루. 겨울과 봄을 자
연스럽게 잇는 하루. 하지만 기다리고 기다리던 토요일에 느닷없이
(이건 순전히 내 생각이지만) 천둥 번개가 칠 거라니 마음이 참 서운하
다. 주말은 언제나 쨍쨍한 맑음이었으면 좋으련만. 아쉬움에 한숨
을 뱉어내다가 정신을 번뜩 차려본다. 내일 걱정은 내일 하자. 오늘
을 살고 있지 않은가. 지금 무엇을 하고 있나. 한 손에 캔맥주 하나,
다른 한 손엔 책 한 권. 이만하면 오늘 나는 이미 충만하지 않은가.

기다림

공사 중인 어느 집 앞,
기약 없는 답장을 기다리는 우편함이 있다.
시끄러움 속 홀로 적막하고, 모두 새것으로 변할 때 기꺼이 헌것으
로 남았다.
누군가 이제는 쓸모없다 말하지만 스스로 괜찮다 대답한다.
꼭 받아야 할 편지가 있기 때문이다.
꼭 듣고 싶은 이야기가 있기 때문이다.
그래서 기다림은 끝이 없다.

우두커니 앞에 서서,
마음속 한 줄기 따스한 말 혹은 어떤 기대를
애타게 기다리고 있는 우리 모습과 참 많이 닮았구나 생각했다.
"괜찮아. 네가 옳다. 항상 응원한다."라고 작은 쪽지에 꾹꾹 눌러 적어서
가장 어둡고 깊은 구석에 슬며시 밀어 넣어주고 싶었다.
언젠가, 어딘가에 가닿아 힘이 되기를 바라며.

기다림과 기다림 사이에서 우리는,
서로가 서로에게 소소한 위안의 씨앗들을 건네주어야 할 의무가
분명히 있다.

푸르른 밤

퇴근길 택시조차 허락되지 않은 날. 사람 냄새 가득한 지하철 벽에 몸을 기댔다. 눈앞에서 마냥 흔들리던 손잡이를 꼭 잡았다. 아련히 남아 있던 누군가의 온기를 느꼈다. 따뜻함이 금세 식어 버릴까 봐 두 손으로 감쌌다. 손잡이를 잡은 채 파도처럼 밀려오는 피로를 기꺼이 두 다리로 견뎌냈을 이름 모를 그에게 응원을 전하며. 느릿느릿 걸음을 옮겨 집에 왔다. 눈꺼풀이 무겁다. 하지만 손바닥엔 아직 그 따스한 기운이 남아 있어 다만 몇 줄의 글을 쓰게 한다. 푸르른 밤이다.

선

하릴없이, 손을 들어 허공에 선을 하나 그었다. 구름 잔뜩 낀 회색
빛 하늘을 반으로 나누고, 반을 또 반으로 나누고 잘랐다. 위에서
아래로, 오른쪽에서 왼쪽으로, 똑바로 혹은 비스듬히, 빠르게 또
찬찬히. 휙휙, 선을 몇 개쯤이나 그려 넣었을까. 나누어진 하늘을
헤아려보다가 멈췄다. 이만하면 되었다 생각했다. 왠지 그렇게 하
면, 언젠가부터 내 주변을 빙빙 맴돌고 있는 후회도 고민도 걱정도
반의반에 반으로 줄어들게 할 수 있을 것 같았다.

마지막

기억을 더듬더듬 손을 뻗어
마지막과 관련된 추억의 페이지들을 찾는다.

수능 시험지의 마지막 문제,
군대에서의 마지막 밤,
축구 경기의 마지막 골,
친구들과의 마지막 여행,
첫사랑과의 마지막 문자,
대학교 마지막 기말고사,
20대의 마지막 날,
퇴근길 마지막 지하철,
어제 읽은 책의 마지막 쪽,
그리고 잠들기 전 오늘 하루의 마지막,

막상 마지막이라고 떠올렸던 순간들은, 새로운 시작과의 연결 지점
이었다. 그 순간들이 모이고 모여 지금의 내가 되었다.

생각에 생각이 빙빙 돌아 다시 묻는다. 과연, 마지막이 존재할까?
시작이나 끝은 아예 없는 것일지도 모른다. 오롯이 지금만 있을 뿐.

문득 어디에선가 들었던, 하루하루 인생의 마지막 날처럼 살라는 말이 최선을 다해 지금을 온전하게 살아내라는 뜻이 아니었을까 하는 나름의 결론에 닿았다. 마지막인 듯, 마지막 아닌, 마지막 같은, 어느 날.

아무것이라는 것

동네 카페에 왔다. 느릿느릿 걸었다.
천천히 계단을 오르고 찬찬히 주위를 살폈다.
슬쩍 커피를 주문하고는 차분하게 자리에 앉았다.
숨을 크게 세 번 쉬고 노트북을 켰다.
조용한 노래를 들으며 어제 읽다 잠들었던 책을 느긋하게 마저 읽었다.
의자에 등을 기대어 달콤쌉싸름한 커피를 한 틈의 여유와 함께 살포시 입에 머금었다.
좋네. 괜히 이렇게 하면 저 문밖에 서 있는 시간이 최대한 나를 천천히 지나갈 수 있게 도울 수 있을 것 같았다.

나는 그렇게 '아무것'에 대해 생각했다.
아무것도 하지 않는다는 것은 과연 무엇일까.
토요일의 시간 속에서 내 주변 수많은 아무것을 하나하나 지웠다.
이것, 저것 그리고 그것.
계속해서 아무것도 남지 않을 때까지.
무엇이 남고 무엇이 없어졌는지 모를 때 즈음
모두의 시간이 슬며시 멈췄다.

아무것도 하지 않는다는 것은 그 찰나의 순간을 사는 일.
텅 비어 버려 공허함으로 가득한 것 같지만,
모든 아무것이 그것들만의 의미로
오롯이 존재하고 있는 그 시간을 확인하는 일.
아무것도 중요하지 않지만, 실은 모든 게 중요한
그 위대한 역설을 만나는 일인가 보다.
참 좋은 토요일이다.

부족함과 결핍

누군가는 부족함이 없는 시대라 말한다. 이미 너무 많은 것을 가지고 있는지도 모른다. 버려야 한다. 다른 누군가는 결핍의 시대라 말한다. 이미 너무 많은 것을 잃어버렸는지도 모른다. 채워야 한다. 우리는 아무렇지 않게, 다르지만 또 같은 세상에 살고 있다. 부족과 결핍이란 단어를 천천히 그리고 찬찬히 곱씹었다. 쓴맛과 단맛이 모두 나는 것 같았다. 부족함은 무언가 충분하지 않다는 의미고, 결핍이란 있어야 할 것이 없는 상황을 뜻한다. 엄밀히 따지면, 부족함이 곧 결핍은 아니지 않을까. 두 단어가 문득 새롭게 다가왔다. 은근슬쩍 찾아온 새봄처럼.

모두가 충분하지 않아도 좋다. 그래야 서로의 부족한 틈을 채워주며 살아가지 않겠나. 그게 더불어 사는 삶일 것이다. 하지만 결핍의 세상은 싫다. 당연히 있어야 할 것들이 없는 세상. 선한 마음, 따뜻한 도움, 아름다운 웃음, 진솔한 조언, 진심 어린 배려와 위로, 무조건적인 믿음, 마음에서 마음으로 전하는 응원이 어색한 일상은 아무리 생각해도 살맛이 나지 않는다. 각박한 세상이니까. 라는 핑계 뒤로 사라지는 당연한 것들을 억지로라도 붙잡아 다시 눈앞에 세워 두어야겠다. 그리 멀지 않은 듯하다. 힘껏 손을 뻗는다. 지금.

고마워. 내가 더.

누구나 딱 세 글자로만 대화하는 세상을 상상했다. 짧고 간결하고 군더더기 하나 없는 함축된 언어로 가득한 세상. 가만히 앉아, "고마워."라는 말의 대답엔 무엇이 가장 으뜸일까 생각했다. 이리저리 펜을 돌리다가 고심 끝에 적었다. "내가 더." 감사의 마음은 원래 그렇게 주고받는 것. 그래 앞으로 "고마워"에는 "내가 더"다.

목

목. 머리와 몸을 잇는 잘록한 부분.
우리는 목을 사용해 두 가지 무언의 표현을 구사한다.
끄덕끄덕 그리고 *절레절레.*

고개를 좌우로 반복하여 움직이는 절레절레는
무언가 어려움에 닥쳤거나 이해하지 못할 상황 앞에서,
답답함에 건네는 토로이며 아픈 포기의 몸짓이고.

머리를 위아래로 몇 번이고 흔드는 *끄덕끄덕*은
누군가 혹은 명확한 사실 앞에서 보여주는 감탄과 인정,
이해와 납득의 표현, 굳은 심지에서 피어오르는 의지의 동작이다.

나라는 사람으로 살아온 동안
몇 번의 *끄덕끄덕*과 몇 번의 절레절레가 있었을까.
얼마만큼의 결심과 얼마만큼의 타협이 있었을까.

슬쩍 팔을 들어 목뒤를 주무른다.
썩 아프지 않은 걸 보니 이도 저도 아니었나 보다.
혹여 당장 고개를 *끄덕*이는 일이, 절레절레하는 일이 생긴다면
한결같은 마음으로 온 힘을 다해야지 생각한다.

시작정리

"정리를 시작하다."라고 적어두고 가만히 바라보다 "시작을 정리하다."로 고쳐 썼다. 어쩌면 우리가 먼저 정리해야 할 것은 '시작'일지도 모른다. 첫걸음부터 너무 많은 짐을 짊어지려 하고 있는 건 아닌지. 시작은 단순하게 하면 된다. 단순함은 최고의 정교함이므로.

다름

'사람'이라 써놓고 한참을 보다가 칼을 들었다. 휙휙. 15개의 길고 짧은 작대기가 눈앞에 놓였다. 쓱쓱. 이리저리 돌려보고 놓아보다 완성한 글자. 다름. 아, 사람은 모두가 다르구나. 너와 내가 똑같을 수는 없구나. 그래서 모두가 소중하고, 누구나 옳은 것이구나. 가만 생각해보니, 그렇다. 진짜 그렇다.

고독

사람이 태어나는 순간 울음을 터뜨리는 것은 고독하기 때문이다. 어느 시인이 비밀스레 써놓은 문장을 꾸역꾸역 읽어내며 입술을 앙다물었다. 세상에 던져진 순간부터가 고독이라니. 그때의 벌거벗은 나와 지금의 외따로운 내가 별반 다르지 않아 결국 눈물이 왈칵 쏟아졌다. 고독은 삶처럼 피할 수 없는 존재. 함께 살아내야만 하는 참 아름다운 아픔이다.

배우

"맡은 배역이 너무 어려워 여기저기 배우러 다녔죠."란 어느 중견 배우의 말에, 배우란 언제 어디서 무엇이든 애쓰고 애써 배우는 사람이 아닐는지 싶었다. 그리고 우리는 모두 삶이라는 연극의 대체 불가능한 주연 배우이므로, 늘 배우는 배우의 자세로 살아야 하는 게 아닌가 하는 생각이 들었다.

나

오늘 입 밖으로 내뱉어진 삶의 조각들 가운데 '나'와 관련된 것은 얼마나 될까. 수많은 '너'들의 이야기만 보고 듣고 말하고 사느라 진짜 '나'를 잊었던 것은 아닐까. 퇴근길 지하철 끝자락에 기대어 보니, 백 명의 '나'와 아흔아홉 명의 '너'가 빼곡하게 마주 보고 서 있더라. 모두가 '나'로서만 존재하지, '너'가 될 수는 없는 일이니. 내일은 꼭 '나'를 백 번 말하고, '너'는 딱 아흔아홉 번만 불러야지 다짐했다.

성숙

복잡한 혹은 역설적인 감정을 당연한 듯 인정하는 일. 나는 감히, 그것을 성숙이라 부르겠다.

기쁘지만 슬픈, 힘들지만 재밌는, 달지만 쓰디쓴, 복잡하지만 단순한, 쉽지만 어려운, 강하지만 부드러운, 연약하지만 굳건한, 급하지만 여유로운, 소박하지만 작지 않은 세상 모든 무엇.

다름과 다름이 서로를 보듬어 겸허히 내 안에서 하나가 될 때. 우리는 기꺼이 성숙의 길로 들어선다.

그뿐이다

전혀 다른 동전의 양면처럼 '그뿐이다.' 이 네 글자엔 소박한 허무
가, 단호한 체념이, 냉철한 인정이, 굳건한 자존이 얽히고설켜 있다.

나와 네가 오늘을 기어이 살아냈다. 그뿐이다. 내일이 한 치의 오
차도 없이 우리 앞에 배달되고, 선물 받은 내일을 또 마땅히 살아
내면 또 그뿐이리라. 앞서지도 뒤처지지도 않고 슬퍼하지도 설레지
도 않게 지금 여기에 그저 이렇게 있어야지 다짐했다. 단지 그뿐이
다. 당연한 건 그뿐이다.

ㅈㄱㅇ

'ㅈㄱㅇ'를 써놓고, 언젠가는 '지겨워.'라 읽었고, 오늘은 '즐거워.'라 읽었다. 내심 다음번엔 '즐겨요.'라 읽을 수 있으면 좋겠다 생각했다. 다 마음먹기에 달린 것 아니겠나. '지겨워' 보다는 즐거워. 나와 너, 우리가 그렇다면 참 신이 나겠다.

서운하다

올해 구순이 된 할머니가
지난달 하늘로 돌아간 할아버지를 생각하며
참 서운하다 하신다.

서운함이란 지난한 것.

보고 듣는 일이 힘들어도
당신 마음속에선 언제나 생생할 지난 칠십 년의 세월.
그 마음을 헤아릴 시도조차 어려워 포기한다.

내가 느껴왔던 서운함이란 감정은
얼마나 가볍고 하찮았던 것들인가.

앞으로 애틋함과 그리움과 사랑 없이는
함부로 서운하단 말을 쓰지 않겠노라 다짐한다.
서운함은 본래 그래야만 하는 것이므로.

아무 말

아무 말이나 해봐.
하지만 그런 말은 존재하지 않을지도 모른다.
말이라는 건 방향도 거리도 없이 퍼져나가지만
시작의 끄트머리는 내 마음하고 꼭 붙어 있어서
나를 나답게 만들어 주고 있는 것이니까.

내가 아무런 사람이 아니듯 아무 말이라는 건 없다.
모든 순간엔 의미가 있고 우리는 그저 다르게 살아갈 뿐이다.

지금이군!

읽던 책이 40페이지 정도 남았는데 우연히 서점에 들러 다음 권을 살 수 있었던 기분 좋은 날. 새 책을 펼쳐 놓고 생각했다. 책을 사는 일처럼, 오늘이 몇 시간쯤 남았을 때 내일을 준비하는 게 가장 좋을까? 열한 시를 향해 달려가고 있는 시계를 슬쩍 보고 '지금이군!' 하며 책을 덮었다. 슬쩍 오늘을 덮는다. 스르르 내일을 맞는다.

04

단순하지만 단조롭지 않은 날들

여행

'여기서 행복할 것'의 줄임말이 여행이라 했다.
'여유롭게 행동할 것'의 줄임말도 여행이지 않나, 생각했다.

우리

보이는 것만 보고 듣고 싶은 말만 듣는 나와 네가,
보이지 않는 것을 보고 들리지 않는 말을 듣게 될 때,
비로소 우리.

위로는 We로

필요한 게 뭐야? 응, 위로.
늘 대답 없던 사람이
위로가 필요하다 말했다.
마침 나도 그걸 찾고 있었는데.

어디 있을까?
글씨를 쓰다 지우다 했다.

위로. We로.

그냥 지금 여기 이 순간 우리 함께 살자.
이미 내가 너의, 네가 나의 위로 아니겠나.

참 고맙다.
우리라고 표현할 수 있어서.
언제든 필요할 때
서로 활짝- 웃어 주자 약속했다. 만껏.

제자리걸음

'제자리걸음'이란
제자리에 머무르는 걸음이 아니라
제자리로 돌아가는 힘찬 걸음일 것이다.
어제오늘이 너무도 다르지만
마음속 생채기도 늘어가지만
괜찮다 다 괜찮다.
본래 내 모습으로 뚜벅뚜벅 걸어가자.
마지막 한 걸음 디뎌내고
힘에 부쳐 쓰러지더라도
진짜 나를 만날 수 있다면
지금을 잊지 말고 걷자.
제자리로 돌아가자.

참

수학시간이었던가. 명제와 대우에 대해 배웠었지.
어떤 명제가 참이면, 명제의 대우 역시 참이라 정의할 수 있다는
법칙.

펜을 들고 썼다.
일상은 여행이 될 수 있다.
내 맘대로 참.
대우는 무얼까.
다시 썼다.
여행이 될 수 없는 날은 일상이 아니다.
볼 것도 없이 당연히 참.

여행 아닌 일상은 없다.
특별한 보통날들을 반짝반짝 살아내자.

변덕

흐르는 시간을
아주 잘게 나눠놓고
이런 일 저런 일로
순간들을 살아내다 보니
고요만 가득한
이 시간이 참으로 낯설다
똑같은 속도로
스쳐 가는 하루일진데
이랬다저랬다
내 맘의 변덕이
괜히 부끄럽다

열한 시가 좋은 열한 가지 이유

하나. 조용하다. 시간이 정지한 것 같이 고요하다.

둘. 노곤하다. 적당한 피로가 홀가분함을 선물한다.

셋. 놓는다. 무사히 또 하루를 살아냄에 마음을 놓는다.

넷. 설레다. 바짝 다가온 내일을 기대한다. 맘껏 설렌다.

다섯. 자유롭다. 나를 위해. 아무것도 하지 않을 자유가 있다.

여섯. 맛있다. 열한 시에 마시는 차가운 맥주는 옳고 또 옳다.

일곱. 스며들다. 오늘이 내일에, 내일이 오늘에 스며드는 시간.

여덟. 고프다. 배가 고프다. 사랑도, 누군가의 목소리도 고프다.

아홉. 아쉽다. 같은 속도로 흘러가는 시간이 아깝고 아쉽다.

열. 깊다. 창밖 깊은 어둠을 따라 서서히 침잠하는 내가 있다.

열하나. 따뜻하다. 한 톨의 온기도 잃기 싫어 이불을 폭 뒤집어쓴다.

모두의 아름다운 열한 시를 위하여.

멋

멋지다!
꼭 닮고 싶은 그의 행동을 보고 감탄하며,
나는 가만히 멋에 대해 생각했다.

멋.
어떤 규칙도 규격도 없는 자유로운 것.

자아에 대한 깊은 고민과 성찰이
내면과 외면을 통해 슬며시
보이지 않는 향기로 피어오르는 모습.

그러고 보니
나는 나대로, 또 너는 너대로 이미 그대로가 멋이었다.

마음

미움이란 두 글자 써 두고는
누군가를 떠올렸다.
내심 미안해서
'움'에 있는 작대기 하나 떼어 슬쩍 '미'에 붙였더니
마음이 되었네.

모든 건 내 마음의 문제.
어느새 미움은 없어져
지금 여기
온 마음으로 살자 다짐한다.

나아가고, 나아지고

퇴근길 바쁨으로 그득 찬 거리.
차들이 가다 선다. 나도 가다 섰다.
우리는 천천히, 아주 천천히 앞으로 나아가고 있다.
우리는 조금씩, 아주 조금씩 나아지고 있다.
어제보다 오늘, 오늘보다 내일,
나아가고, 나아지고, 그래서 계속 살아갈 수 있는 건가 보다.

길

그리운 사람 만나러 가는 길 하늘 보고,
사랑하는 사람 두고 오는 길 땅을 본다.
하늘과 땅이 만나는 거기 우리가 서 있다.

일

힘드냐는 친구의 물음에
힘들진 않아, 일이 많아서 그렇지라고 대답해 놓고는
내던져진 단어를 곱씹으며 내심 놀랐다.

즐거운 일과 그렇지 않은 일이 있고,
신나는 시간이 그렇지 않은 시간보다 아직은 많은가 보다.
이게, 지금이 살아지는 이유인가 보다.

교통카드

삑. 팔월 삼십일 저녁 일곱 시.
내 교통카드 무게는 팔만칠천사백오십 원.
수많은 어제를 지난하게 걸어온 삶의 무게구나.
오늘보다 내일 더 무거워질 너를 응원한다.
오늘보다 내일 더 무거운 짐을 짊어질 너를 응원한다.
누가 누구에게 하는 말인지 도대체 헷갈려
그냥 고개를 끄덕이며 걸었다.
주머니에 손을 찔러 교통카드를 꼭 쥐고 걸었다.

기다림

무언가를 애타게 기다려 본 사람은 안다.
긴 기다림이 주는 애틋한 선물을.

기다림이란 당연한 일인 줄 알면서도
너무 답답한 마음에 가슴을 치기도 하고
사흘 밤낮을 맘껏 울기도 했다.

우리는 애써 그 아름답고 슬픈
기다림을 기다리는 일을 나날이 반복하며 살아간다.

그래도

지난주, 내가 가장 많이 했던 말은 '그래도'.
힘듦을 견뎌내는 당찬 의지가,
너를 배려하는 따스한 여유가,
지금을 인정하는 위대한 겸손이 그 안에 있다.
그래, 우리는 잘살아야 하지 않겠는가. 그래도 말이다.

내 몫

나의 기대와 실망은
너의 잘못이 아니다.
하나부터 열까지 내 몫인 문제란 걸
이제야 알았다.

어려운 일

어른이 되면서
새로운 사람을 만나는 일이 어렵다고 생각했는데,
조금 더 나이를 먹어보니
내가 새로운 사람이 되는 일이 훨씬 더 어려운 일이었더라.

눈

눈이 옵니다.
눈 쓰는 아비의 마음을 헤아려봅니다.
혹시나 식구들이 넘어져 다치진 않을까.

그 마음을 아는지 모르는지
너무도 찬찬하게
눈이 옵니다.

진리

스테이크 잘 굽는 방법. 신선한 고기.
김치찌개 끝내주게 끓이는 방법. 맛있는 김치.
튼튼한 의자 만드는 방법. 올곧은 나무.
감동 주는 글 쓰는 방법. 깊은 생각.
그렇다면,
좋은 사람 되는 방법은 무얼까.
좋은 마음과 좋은 일.
나는 알고 있었나.
참 단순한 이 진리를.
겸허히 되묻는 토요일.

행복

뚜벅뚜벅, 걸었다
행복이 무어냐
공허하게 묻는데
누군가의 힘찬 대답
일상이 소중한 줄 알고
당연함에 감사할 줄 아는 것
주위를 둘러보니
아무도 없다
바람이었을까
노을이었을까
가을이었을까
덕분에 힘이 나
남은 길도 마저
뚜벅뚜벅, 걸었다

진짜 고마움

고맙다는 말을 서로 스무 번쯤하고 나서야,
진짜 고마운 게 뭔지 알았다.
그저 마주 보며 웃고 말하고 듣다가
괜찮다 힘내라 어깨 툭 칠 수 있는 게 진짜 고마운 일 아니겠나.
아무것도 아닌 것처럼 세상 모든 진짜는 이미 우리 곁에 와 있다.

헛헛

때맞춰 찾아온 몸살 기운은 무기력을 선물했고,
급기야 외로움을 동반하다가 헛헛함이 되었다.

혼자 빈방에 앉아 무엇으로 채워야 하느냐

내가 나에게 묻는데 입을 떼어 답할 수가 없다.
왜 사는지도 모르면서 시간은 참 잘 간다.
어디로 가는지도 모르면서 나는 참 잘 있다.

앓아야 안다

콜록콜록. 여름 감기치고는 기침이 꽤 길었다.
목이 아프니 여간 불편한 게 아니다.
따스한 차 한 모금 입에 머금고 살포시 두 손을 목에 가져다 대었다.

소중한 밥과 물이 넘어가는 곳.
깨끗한 숨과 공기가 흐르는 곳.
진심의 마음과 말이 들고 나는 곳.
그 작은 틈새로 무수한 세상 이야기들이 굽이친다.

목구멍을 부여잡고 한바탕 앓고 나니 이제야 그 소중함을 알았다.
앓아야 비로소 안다. 그러니 우리의 앓음은 아름다울 수밖에.

죄책

슬픔보다, 후회보다
억만 배 무거운 게
죄책이란 놈인데,
이렇게 하루가 슬며시 살아진다는 건
너무나 미안한 일이다.

가슴속 마른 눈물 손으로 닦는 척
움켜쥐고는 차마 놓을 수 없어
온몸으로 울었다.

똑같은 날은 없어

–이런 날이 다시 올까?
–똑같은 날은 없어.

차갑고 단호하기만 한
똑.같.은.날.은.없.다.는 대답은,
어제의 슬픔엔 위로가 되었다가
오늘의 기쁨엔 원망으로 변하기도 하지.

우리 사는 날들이
매일 똑같지는 못해도
아주 조금은 비슷했으면 좋겠다.
오늘의 행복을 더 오래 간직할 수 있게,
내일의 슬픔을 미리 준비할 수 있게 말이다.

틈

너와 나의 틈은 흠이 아니다.
틈이란 한 톨의 여유.
그걸 채우는 일의 즐거움.

누군가는 말했다.
깨진 틈이 있어야 그 사이로 빛이 들어온다고.

새 책 헌책

헌책방 앞에 서서 생각했다.
책은 언제부터 헌책이 되는 걸까.
거울을 앞에 두고 생각했다.
사람은 언제부터 헌 사람이 되는 걸까.
헌책을 옆에 끼고 생각했다.
새 책이나 헌책이나 크게 다르지 않은데.
품고 있는 문장이 이리도 똑같은데.
'새'와 '헌'의 구분이 필요한가.
내 옆에 내가 서서 생각했다.
사람이라고 다를쏘냐.
품고 있는 마음과 희망이 어제와 다르지 않다면.
여전히 여전하게 늘 새사람 아니겠는가.

그런 날

오늘은 그런 날이었다.
과거의 어떤 시간이 나에게 닿아 괜히 말을 건네는 날.
1년 전 어느 여름날의 아픔이
3년 전 어느 가을날의 설렘이
5년 전 어느 겨울날의 고민이
10년 전 그 어느 봄날의 떨림이
한 번에 몰려와 귓가에 추억 이야기 속삭이는 그런 날 말이다.

시간이 뒤죽박죽 엉켜 대체 언제가 언제인지
구분할 수 없는 지경이 되어서야
그냥 멍하게 가만히 있을 수가 없어
정신 차리고 기억들을 억지로 정리해야만 했던 잔인한 하루.

힘껏 살아낸 오늘도 언젠간 다시 나에게 돌아와 말을 걸겠지.
그땐 꼭 허허허 하고 웃어야지.

내려놓음

힘이 들면,
좀 내려놓으라 했다.
내리기만 하지 말고 과감히 놓으라 했다.
눈앞에 보이지 않는다고 없는 게 아니라 했다.

괜히 너를 핑계 삼아 나에게 말했다.

열심이었네

열심이었네.
문 앞에 서서 비밀번호 네 자리를 꾹꾹 누르며
나지막이 내뱉은 말.
언제나 한결같은 저 가로등은 내 목소리를 들었을까.

열심이란 뜨거운 마음.
주어진 시간을 허투루 쓰지 않겠다는 의지.
살아내는 일에 온 힘을 다하는 정성.
반대말은 차가운 마음, 한심일까.
열심과 한심, 그 뜨거움과 차가움 사이에서
갈팡질팡하는 청춘 속의 나.

손에 힘을 주어 문을 활짝 열었다.
아무렴 어때.
조금 미지근해도 괜찮아.

초록

초록색 넝쿨이 나에게 말을 건넨다.
찬찬히 조금만 쉬어가라 한다.
그 빛이 너무나 푸르러,
발걸음을 멈췄다.

너는 이미 초록이 아니냐고,
너는 이미 청춘이 아니냐고 나에게 묻는다.

그러게,
너는 거기 마냥 서 있었고,
내 청춘을 비춰주는 거울이었구나.

오늘의 초록빛을 잊지 않겠다. 다짐했다.
제대로 맘껏 푸르자.

안정에 대하여

삶이라는 너른 바다 위 표류하는 나에게
안정이란 무엇인가 묻는다.
파도에 흔들림 없는 배를 사는 일인지.
파도에 흔들림 없이 중심 잡는 방법을 배우는 일인지.

감사

택배 아저씨가 박스 다섯 개를 차례로 가져온다.
카페 아저씨는 얼른 커피를 내려 건넨다.
감사하다 말하니, 감사하다 답한다.
아저씨들은 웃는다.
나도 따라 웃는다.
감사는 참 쉽다.

장미

저 붉은 장미 꽃잎은 떨어지며
무슨 생각을 했을까.
허무하다 했을까.
찬란하다 했을까.

혹시나 대답을 들을 수 있을지 몰라
살포시 내려앉은 그 앞에 한참을 서 있는데
얄궂은 바람이 휙 불어와 꽃잎들을 괴롭혀
괜스레 마음이 아팠다.

그래도 저기 저기로
살살 멀어지던 그 빨간 꽃잎이
활짝 웃고 있길래 나도 금세 따라 웃었다.
나 역시 언젠가 한 떨기 꽃 되어 흩날리게 될 때면
씨익– 하고 웃어야지, 꼭 그래야지 다짐했던 하루.

빈자리

누군가의 빈자리에 다른 누군가를 앉히려 노력하는
어리석고 부족한 사람이 여기 있다.
채우는 일에만 너무 익숙해져
비어 있음의 공허함을 견디지 못하는 사람이 여기 있다.
세월이 무심하게 흘러
곁에 하나둘 빈자리가 많아지는 일이
큰 문제가 아님을 느끼고
나 또한 누군가의 빈자리로 남게 될 것임을
알게 된 사람이 여기 있다.
빈자리는 그저 비어 있음으로 이미 충분히 존재하는 것임을
이제야 깨닫고 몸서리친 사람이 여기 있다.

비어 있는 그 자리는 그대로 두자.
활짝 웃으며 걸어오는 너를 위해 새 의자를 준비하자.
결국은 모두가 함께, 그렇게 살자.

여덟 시

아침 여덟 시에 바라본 하루와
저녁 여덟 시에 돌아본 하루가
조금도 비슷하지 않은 날.
덜컹거리는 지하철 문에 기대 괜히 슬쩍
'너의 여덟 시들은 어때?' 라고 묻고 싶었다.

순간 모든 여덟 시들이
즐거움으로 가득하길 바라며
차근차근 다가오는 시간을 오롯이 마주하는 그런 밤.

새 바람 새 여행

너와 나의 목소리가
서로 손잡고
시원한 바람으로 변해
나무를 스치고
물 위를 스치고
하늘을 스치고 돌아와
조심스레 귓불을 간지럽히면
우리는 마주 보며 까르르 웃을 수밖에 없네.
싱그러운 웃음들이 어깨동무하고
다시 또 새 바람이 되어
새 여행을 시작한다.

오월은 눈부시게 푸르고
지금 우리는 새 여행을 시작하는 새날,
새 바람 위에 서 있다.

한 번에 하나씩

오늘도 시간을 벗 삼아 길을 걸었다.
집 앞 건널목, 검은색과 흰색의 반듯한 물결 앞에 섰다.
한 걸음 한 걸음 다른 색을 밟았다. 정확하게. 한 번에 하나씩.

검은색 위에서는 검은색만 생각하고,
흰색 위에서는 흰색만 생각하고,
지금 위에서는 지금만 생각하고 싶었다.
결국 지금도 하나, 그 지금을 사는 나도 하나다.

발걸음이 내심 가벼워졌다.
선선한 저녁 공기가 달려와 조용히 속삭였다.
욕심부리지 말고,
한 번에 하나씩. 그게 좋겠다고.

추억

추억이란 글자에 '억'이 들어간 이유는
수억 가지 이야기가 그 속에 들어 있기 때문일 거다.

추억이란 글자에 '억'이 들어간 이유는
억만금의 재산을 가진 것처럼 항상 빛나기 때문일 거다.

기록보단 추억으로 남자.
추억의 이자로 오늘을 살자.

미안

전쟁터 같은 지하철 문 앞에서 두 사람 어깨가 부딪혔다.
미안합니다.
아닙니다. 제가 죄송합니다.
짧은 순간, 서로의 미안이 주는 그 큰 위로란!

미안하다, 먼저 말할 줄 아는 사람은,
마음속 어딘가 넓은 바다를 품고 있는 사람.
형언할 수 있는 모든 감정을 기꺼이 건넬 수 있는 사람.

다시금 길 위에 선 그들 뒷모습이 아름답지 않을 이유는
어디에도 없었다.

그윽

한바탕 소란으로 채워진 긴 하루의 끝자락,
차디찬 겨울밤은 너무도 그윽하기만 하다.

그윽한 사람의 그윽한 향기가,
그윽한 눈빛과 그윽한 미소가 사무치게 그립다.

애써 만날 수 없는 그 얼굴이
오늘은 무척 보고 싶다.

너다워라

무더위를 피해 저만치 멀어진
오늘 우리의 푸른 하늘은
'아름답다'와 같은 말이
'너답다'라 속삭이는 듯하다.

고개를 드니 파아란 거울에
슬며시 내 얼굴 비치고 있어
나도 모르게 외쳤다.

눈부시게, 아름다워라.
맘껏, 너다워라.

바다

맑은 유리창 하나 사이에 두고, 바다 그리고 나.
막 나온 커피에서 바다 향기가 났다.

뜨거운 태양도 고스란히 품는 바다.
가장 낮은 곳에서 모든 것을 기꺼이 받아들이는 바다.
한없이 넓고 풍요로우면서도, 칼끝 같은 매서움을 품고 있는 바다.

바다 같은 사람이고 싶다.

천천히, 그러나 느리지 않은.
바르고 곧은, 그러나 날카롭지 않은.
뜨겁고 열정적인, 그러나 언제나 여유를 잊지 않는.

바다를 닮은 사람이고 싶다.

에
필
로
그

도착.

어딘가를 떠나 다른 어딘가에 마침내 가닿는 모습.

이 글을 쓰고 있는 지금. 나는 제주도의 어느 작은 시골집에 앉아
있다. 아침부터 잔뜩 흐린 날씨에 비가 내린다. 덕분에 커피 향이
더 짙어진 것만 같고, 듣고 있는 노래 가사가 귀에 쏙쏙 박힌다. 어
제저녁엔 게스트 하우스 손님들과 함께 모닥불 옆에 앉아 고구마
를 구워 먹었다. 물론 맥주도. 처음 보는 사람들과 나누는 처음이
자 마지막의 대화. 찬찬히 스러져가는 불처럼 또 언제 만나 얼굴을
마주할지 기약할 수는 없지만, 마음은 참 편안했다. 즐거웠다. 그
렇게 우리는 아쉬움을 품고 또 헤어져 각자의 자리로. 본연의 길로
들어서서 어딘가로 향하겠지. 그리고 또 새로운 어딘가에 도착해
새로운 누군가를 만나겠지. 늘 그랬던 것처럼.

글을 쓰고 슬쩍 보여주는 일은 매번 참 부끄러운 일이지만, 그 덕분에 일상을 여행하듯 살 수 있는 것 같다. 아까운 시간을 허투루 보내지 않는 노력과 즐거운 시선으로 주변을 돌아보는 일. 거기에 담기는 진심까지. 삶이라는 여행길에 서서 매일 새로운 어딘가에 도착하는 마음으로 적었다.

쓰임이 필요했던 나의 하루하루. 서투르고 개인적인 생각들이지만, 끝까지 함께 해주어서 참 고맙습니다. 내 인생에 나타나 주어더 고맙습니다.

쓰임이 필요했던 날들

초판 1쇄   2017년 06월 09일

지은이   김봉근
발행인   김재홍
디자인   이유정, 이슬기
교정 · 교열   김진섭
마케팅   이연실

발행처   도서출판 지식공감
브랜드   문학공감
등록번호   제396-2012-000018호
주소   경기도 고양시 일산동구 견달산로225번길 112
전화   02-3141-2700
팩스   02-322-3089
홈페이지   www.bookdaum.com

가격   12,000원
ISBN   979-11-5622-292-7 03810

CIP제어번호   CIP2017013047
이 도서의 국립중앙도서관 출판예정도서목록(CIP)은 서지정보유통지원시스템 홈페이지
(http://seoji.nl.go.kr)와 국가자료공동목록시스템(http://www.nl.go.kr/kolisnet)에서 이용하실
수 있습니다.

문학공감은 도서출판 지식공감의 인문교양 단행본 브랜드입니다.

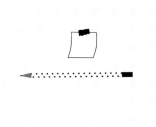